AF203275

Mike Scholz

Ver... ?

Mike Scholz

Liebe und nette Schmusegeschichten

Impressum

© 2019 Mike Scholz
E-Mail: amoebi@gmx.de

Coverdesign: Irene Repp
http://daylinart.webnode.com/
Bildrechte: © Igor Zhuravlov - 123rf.com; © lightwise
- 123rf.com

Satz: Jana Walther

Verlag und Druck: tredition GmbH, Halenreie 40-44,
22359 Hamburg

ISBN
Paperback 978-3-7439-5308-6
e–Book   978-3-7439-5310-9

Das Werk, einschließlich seiner Teile, ist urheberrechtlich
geschützt. Jede Verwertung ist ohne Zustimmung des Ver-
lages und des Autors unzulässig. Dies gilt insbesondere für
die elektronische oder sonstige Vervielfältigung, Überset-
zung, Verbreitung und öffentliche Zugänglichmachung.

Und wart Ihr alle schön artig?
Denn vom Himmel hoch da komm ich her.
Ich erzähle Euch die neuste Mär.
Denn: Ist der Ruf erst einmal ruiniert,
Lebt es sich ganz ungeniert!

„Großmutter, warum hast Du so große Augen?"
„Damit ich Dich besser erleuchten kann!"

INHALT

Auf einen groben Klotz gehört ein grober Keil.
(Martin Luther)

Abtransport der kleinen Menschen im großen Teich im Himmel ist angesagt. Diejenigen, die jetzt angewiesen werden, in die Schleuse zu kommen, wandern in den verdickten Bauch werdender Mütter, wonach sie ihren Lebenstrip beginnen.

Jetzt rücken wieder welche ab. Doch was ist das? Einer, der eigentlich in der zweiten Reihe steht, schiebt seine winzigen Ellbogen raus, befördert einen anderen zur Seite und drängelt sich vor.

Gott, der Schutzpatron dieser Winzlinge, bemerkt dies. Donnernd lässt er seine Stimme über den Teich schallen. Und jeder hört ihn, ist gespannt auf die Lösung: "He he he, was soll das denn?? Du bist doch noch gar nicht dran!"

Der Drängler antwortet ihm selbstbewusst: "Dass er" – er zeigt auf den, den er weggestossen hat – "nicht so richtig wollte, konnte man doch eindeutig erkennen. Er lief so langsam, dass er dabei bald einschlief! Da gab ich ihm die Möglichkeit, noch eine Weile hier zu bleiben."

"Stimmt ja gar nicht", meldet sich der Weggestossene – flüsternd fast, ehrfurchtsvoll, kleinlaut.

"Klar stimmt das!" Der Drängler versucht hintenrum, den Weggestossenen runterzudrücken, damit dieser keinen Laut mehr von sich gibt. "Ich will endlich nach da unten!" Er zeigt auf die Erde. "Hier oben ist es mir zu langweilig, ich will endlich Action!"

"Du bist aber noch gar nicht dran!", tönt wieder der Allmächtige.

"Da ich noch nicht schreiben kann, ist es mir nicht möglich, einen schriftlichen Antrag zu stellen. Infolgedessen muss ich es mündlich machen: Ich möchte – nein, ich will– sofort auf die Erde!"

"Bist du damit einverstanden?", fragt der Allmächtige den Weggestossenen.

"Hast du noch Fragen?" Bedrohlich blickt der Drängler sein Opfer an.

Dem wird die Übermacht zu gross. Er zieht sich zurück.

Der Drängler wendet sich wieder Gott zu: " Okay, Sache geklärt."

"Ich sehe es! Vor allen Dingen, wie du es geklärt hast! Aber gut, dann komm! Doch zur Strafe wirst du eine Mutter zur Geburt bekommen, dass du dir wünscht, niemals dich vorgedrängelt zu haben..."

"Der werde ich schon zeigen, wo's langgeht!"

"Und da du jetzt schon frech bist, wirst du es auch unten sein!"

"Frechheit ist nur die direkte Form, die Wahrheit auszudrücken!"

"Du wirst jemanden lieben, und du wirst geliebt werden! Aber mit dieser Frechheit wirst du auch bei ihr immer wieder anecken, Probleme heraufbeschwören!"

Der Drängler starrt ihn trotzig an.

"Letzte Chance: Willst du immer noch sofort runterkommen und dein Leben mit Frechheit gespickt haben?"

" Ja!" Laut, vernehmlich.

"Dann ab!"

Der Geschmack des Todes ist auf meiner Zunge,
ich fühle etwas, das nicht von dieser Welt ist.
(Wolfgang Amadeus Mozart)

Im Vorgarten der Hölle

Hell's Gate – angeboten als Sicht auf glühende, unheimliche und extrem heiße vulkanische Aktivitäten – 16 km entfernt von Rotorua am Whakatane Highway 30.

Das klingt gut, war mein erster Gedanke. Und heute fuhr ich dahin.

Ich komme an, parke mein Auto, sehe mich um: Vor dem Eingang ist eine Anzahl von übereinander gehäuften Steinen zu entdecken, aus denen Nebel aufsteigt. Und ein übler Gestank – nach menschlichem Kot oder ähnlichem – liegt in der Luft.

Ich werde bewegt zum Grinsen. Denn ich sah schon einige solcher Plätze, wo ein Teil des Namens war: Hölle. Und nicht immer erfüllte dann dieser Name seinen Anspruch.

Dieser Eindruck wird stärker, als ich eintrete: Ein Kasten steht dort, durch den man seinen Kopf stecken kann, um sich als teufelsähnliche Fratze fotografieren zu lassen. Lach, lach!

Aber ich kaufe mir ein Ticket – 9 Dollar kostet es – und hoffe, dass ich für dieses Geld etwas Gutes zu sehen bekomme. Ich durchschreite das Höllentor.

Plötzlich ist es einige Fahrenheit kälter. Doch ich kann nicht ins Warme zurücktreten, eine unsichtbare Macht verfolgt mich, will, dass ich mir alles bis zur Erschöpfung einverleibe: Der kühnste Gedanke einer Einöde hat sich vor mir aufgebaut – triste Steinlandschaft ist dafür der bessere Ausdruck; auf dem Wasser schwimmt nicht eine einzige Pflanze – dafür strahlt es Schwärze aus, erinnert an das Tote Meer. Und von diesen Steinen und aus diesem Wasser steigt Nebel auf, der gleiche, wie vor Hell's Gate, nur kräftiger.

Mein Blick fällt auf ein Schildchen: 1-Devilsbath. Ein großes Loch mit blanken Steinen, schwarzes Wasser blubbert dazwischen hervor. Und mein Lächeln gefriert plötzlich auf den Lippen, genauso wie es vorhin dem Rest des Körpers geschah.

Ich gehe weiter, doch überall zeigt sich mir das gleiche Bild: Einöde, Nebel, blubbernder, manchmal Fontänen ausstoßender Schlamm. Und langsam und immer mächtiger werdend flammt in mir ein Spiel auf, das mich nicht begeistert, gegen das ich aber nichts tun kann: Das kalte Grauen ist der Name von diesem Spiel! Horror, yeah! Zwar mag ich Horror, aber das hier ist kein Buch, ist kein Film, ist pure

Realität! Nichts zum Witze machen! Nichts zum Lachen! Das vermisse ich, bin angewiesen, mich von Angst überfluten zu lassen.

Und mit jedem weiteren Schritt, den ich dem vorhergehenden folgen lasse, erhärtet sich der Eindruck, in was für eine Welt ich hineingeraten bin: Dies ist der Vorgarten zur Hölle!

Plötzlich – als wenn ich unbemerkt eine Schleuse durchtreten hätte, die mich in eine andere Dimension beamte – ist es unglaublich viel wärmer als noch vor einem Sekündchen der menschlichen Zeit und es zeigt sich mir (als wenn sie es besiegeln wöllte) eine völlig andere, vollkommen neue Welt: Mit Blumen in allen Farben, blühend in voller Schönheit; Insekten besteigen deren Kelche und vollführen darauf ein romantisch–leidenschaftliches Liebesspiel; viele Vögel zwitschern in den Büschen, zeigen, dass sie diese Welt hier genießen; ein kleiner niedlicher Bach nimmt seinen Lauf durch das Geläuf, lässt linde Strudel auf sich tanzen, die die Umgebung mit nach Süßem schmeckender Gischt erfüllen. Jetzt bin ich auf einmal in einem anderen Extrem! In dem Extrem der Schönheit, der Pracht, des Genusses.

Wie um dies zu bestätigen, schieben sich auf einmal zwei wunderschöne nackte Beine in mein Blickfeld. Und diese Beine wandeln anmutig in meine Richtung!

Nun will ich – natürlich – wissen, zu wem diese Beine gehören: Mein Blick wandert hoch, über den kurzen Minirock, den sexy Gürtel und der alles verheißenden knappen Bluse zum – Grauen ergreift mich erneut! Ein zur Faust geballtes Gesicht zeigt sich mir, ich muss mich fragen, ob Rose Madder hier nicht durchs Gelände streift. Auch sie hatte wunderschöne Beine! Auch sie war eine vollkommene Schönheit von den Beinen bis zum schwanenförmigen Hals! Doch – es passt zu dieser Welt. Alles hier bildet eine Symbiose zu einer dämonischen Einheit. Denn dieser Garten dient als Erholungspark für das Personal der Hölle! Ich bin im

VORGARTEN DER HÖLLE!

Weiter, langsam, sehr langsam, alles sehen, nichts weglassen, ich laufe in die Nähe der Löcher. Und bei dem Geblubber stelle ich mir vor, wie in der prächristlichen Zeit die Maoris ihre Nahrungsmittel hier garen ließen und dabei den Teufel angefleht haben, ihnen ihr Heil nicht zu versagen und ab und an auf die Erde zu kommen, um sie in eine Ekstase zu versetzen, damit sie ihre Laster ihm zu Ehren frönen konnten; das Personal kam für ihn – der Himmel war dann immer erfüllt von schwabbeligen kreischenden Abzessen und in blutroten Feuerkranz getauchten, mit Magnesium besprenkelten und darum gleißenden bohnenähnlichen Stecken, an denen konvexe Aureolen hausten. Wehe dem, der da mit einem Kreuz am Hals über die Insel schritt.

Plötzlich beginnt es zu regnen. Und ich bemerke, rund um mich herum ist alles ruhig, niemand streicht noch durch den Park. Wenn das Wasser hochspritzt, wenn einer vom Personal der Hölle vor mir auftaucht, dann wäre nur ich hier. Allein! Kein menschlicher Rettungsanker in Sicht! Keine Möglichkeit zu entkommen! Dann würde es sich für mich vielleicht erledigt haben! Und durch den Regen wird alles noch trister, versinkt in Grau, wird farblos, ist geeignet für dieses Szenario. Doch ich kann nicht anders, ich muss – langsam – weitergehen.

Ich komme zu einem Platz, welcher Sodom und Gomorrha genannt wird. In der Bibel steht geschrieben, dass Sodom und Gomorrha zwei Städte waren, deren Bevölkerung so sündigte, dass sie von Gott niedergebrannt wurden – Bevölkerung und Städte. Und hier liegen Löcher vor mir, deren Grund ich trotz so weit wie möglichen Herangehens nicht sehen kann. Nur den Nebel, der aus ihnen aufsteigt, kann ich gewahren. Der auch schwarz ist und blubbernd droht, zu jedem Zeitpunkt in den Himmel hinaufzusteigen zu einer Person, die ich niemals treffen möchte.

Meine Phantasie droht, mich zu zerbrechen. Nur schwer kann ich mich von dem Anblick trennen.

Das letzte sind die "Sulphur Christals". Eigentlich nicht schrecklich; aber die Erinnerung an den Rest des Gebietes trägt zur Inspiration bei: Ich sehe auf diesen Kristallen eine Figur, welche eine auf einem Sockel befindliche Schüssel hält – als wenn sie etwas kredenzen möchte.

Wer ist derjenige, der was gereicht bekommt?

Ich komme zurück zum Eingang. Der Regen hat sich stakkatisch verflüchtigt und das Café – es ist zugeschlossen. Niemand ist mehr hier?? Ich bin allein!! Was jetzt?? Wenn jetzt die Hölle aufbräche, niemand wüsste, wo ich bin, niemand könnte mir helfen, ich müsste allein den ungewissen Gang in die Unterwelt antreten! – Ich muss herausfinden, wie die Tür zu öffnen geht.

Nach einer Weile – Oder waren es Wochen, Monate, Jahre? – klappt es endlich. Und hier ist das Bildnis des Teufels, das durch den Regen etwas begossen aussieht. Über dieses Bildnis habe ich, als ich hier eintrat, noch gegrinst. Doch jetzt?

Ich springe über eine Kette, welche den Ausgang zur Freiheit versperrt, und verlasse diese Welt.

Wer nicht liebt Wein, Weib und Gesang,
bleibt ein Narr sein Leben lang.
(Martin Luther)

In Nomine Padres et Filii et Spiritus sancti – Amen!

Sonnabend morgen. Früh 6.30 Uhr. Ich recke mich und strecke mich, mach aber kein Häuflein hinter mich, dafür: Raus ... aus Morpheus Armen, aus dem Bett, aus dem bisherigen Leben – eben raus, weil ich heute auf einen Wochenendausflug gehen werde, mich da abseile in eine Höhle durch einen Wasserfall, dann in der Luft abstürze, wobei ich aber am Bungy-Seil hänge und zum Schluss mit dem Schlauchboot fahren werde durch brodelndes, schäumiges, spritzendes Wasser, das sich dabei um große und kleine Felsbrocken drumrum windet und keinen Wettergott und keinen einen retten wollenden Delphin vorbeigucken lässt.

Um halb acht verlasse ich das Haus und frage mich belustigt, ob ich es jemals wiedersehen werde. Auch im Fitnesscenter und in der Schule erzählte ich, dass – sollte ich am Montag nicht erscheinen, ich irgendwo auf dem Grund liege, den Fischen „Guten Tag!" sage. Lachen erntete ich dafür, und ich selber nehme meine Aussage auch nicht so ernst. Doch ... beim Abseilen ... das Seil, das mich halten soll, – *„Huuauuhkrrh!"* Bungy–Jump: das Blut ... zu Kopf, die Bänder um die Beine – *Schluck!* – die könnten ... *„Aaaaaah!"* White–Water–Rafting – die Gischt macht mich blind, die dortigen Piranhas ... Zugang zur Lunge entdeckt, daran festgebissen, knabbern ab ... brüllende Fluten schlagen über einem zusammen .. dann ... Aber ich beschließe, mich erst an Ort und Stelle darüber zu ängstigen, mir jetzt noch keine Platte zu machen. Denn im Grunde genommen – ich liebe das Risiko – *Risk is my life!* – und hier wird es mir frei Haus geliefert!

Ich komme an der ersten Station, dem Abseilen, an. Und dort darf ich feststellen, wie der dortige Oberhäuptling – er spricht mit meinem Reiseleiter, schaut mich dabei dauernd an, spricht sehr schnell (englisch), und da mein Verstehen noch nicht das Beste ist, verstehe ich nur – wenn überhaupt – die Hälfte. Aber soviel ... *sein Gesichtsausdruck: Nein! Er will mich nicht haben zum Abstieg! Nicht mich! Alle anderen ja! Aber nicht mich! Dampfkessel-Überpfeifen! Brodeln ... die Säfte in mir ...* „Schwapp! Schwapp!" *– Läuft er über? Heb ich gleich ab wie* *ein Hub-Schrapp-Schrapp, bei dem man vergessen hat, ihn zu fixieren?*

Mein Reiseleiter erzählt mir eine Weile später, dass ... *er – der Oberhäuptling – „Rrrrh! Er! ... Er! ... Er! ..."* – er traut es mir nicht zu, diesen Gang durchzustehen. Und außerdem müssten immer drei Personen daran teilnehmen, aber ... *nur ich!*

Jetzt ... jetzt ... jetzt ... ich koche innerlich, äußerlich, überall! *„Gluck, gluck, gluck!"* Bläschen steigen auf, die Erde stöhnt wegen dem seismischen Beben – auf diesen Bestandteil des Trips habe ich mich so gefreut, bin völlig darauf fixiert! Und ich aufgeben, weil das der Oberhäuptling so will? *Nein!*

Ich erkläre meinem Reiseführer, dass ich mir die Aktion voll zutraue und dass ich durch meine Behinderung gegenüber anderen den Vorteil habe, dass ich immer zuerst schaue, was ich mache, dass ich nicht gedenke, auf irgendwelche Stimmen – die immer nur „das Beste" wollen wie das Ekelpaket Lehrer damals im Krankenhaus oder wie die vertrocknete Schnalle damals im Heckwasser des Lehrers, die der Meinung war, dass ihr irgendwelche psychologischen Bücher geweissagt hatten, einen Krüppel müsse man auf das Schärfste belügen, damit er sich momentan nicht aufregt und einen Herzkasper mit angelegten Ohren kriegt – zu hören und dann diese vielleicht auch noch zu befolgen. – *Nein! Ich will das machen! Ende der Durchsage!* – Mein Reiseführer akzeptiert dies auch, erklärt aber, dass da noch nach wie vor das Problem mit den drei Personen bestehe. Doch ... Lunte, jetzt alles!

"Dann bezahle ich eben für drei!" Definitiv.

"Wollen Sie das wirklich? Es sind immerhin hundert Dollar mehr!"

Kurz flackern in mir Zweifel auf. Doch dann nicke ich, nicke mit entschlossenem Gesicht.

Er geht es klar machen.

Frische Luft um mich drumrum, sonnig. Vögel zwitschern, Grillen zirpen, Bienen schweben fast lautlos zur nächsten Farnblüte, um diese zu befruchten. Vorn legt sich eine Reh–Ricke auf das saftige Moos in Erwartung dessen, dass die Böcke ihren Kampf um sie ausgetragen haben. Oben kann man durch die Wipfel der Bäume fast nur ahnen, dass kaum ein Federwölkchen über das Firmament jagt. Es ist so angenehm warm, als wenn ein intensiver Sonnenstrahl auf eine von Ambrosia benetzte Wange trifft, die dabei von Apollo seinem Odem umspielt wird. Und unten ... Ich stehe auf einem Board, welches ... nicht mal einen halben Schritt breit. Und ... glatt, scheinbar seifig, rutschig. Schwarzes, felsiges Loch. In der Ferne brüllt es auf, als wenn ein Zyklop gerade von einer Wespe gestochen wurde. Staub spritzt zwischen den Felsspalten in die Höhe.

Ich bin angebunden, zwar, habe jedoch alles ... die ganze Verantwortung über meine Gesundheit, mein Leben, mein Dasein in meiner rechten Hand liegen – die mal vollständig gelähmt war –, denn mit der habe ich das Seil abzubremsen. Darf ich mich in ihre Obhut begeben? Ihr vertrauen? Mich auf sie verlassen?

„Jetzt Füße vom Board nehmen und im Freien hängen lassen!"

Ich will dem Folge leisten – doch ... nein, es klappt nicht! Ich soll mich zurücklehnen – doch ... auch das klappt nicht! Ich gehe auf die Knie, um abzuspringen, dadurch vielleicht wegzukommen – doch ... das soll ich nicht!

Plötzlich weiß ich, warum es bei mir nicht klappt: Ich bin zu weit nach vorn geschnallt! Dadurch liegt die ganze Last auf den Zehenballen! Ich gebe dem Seil ein bisschen Nachschub. Doch ... das soll ich nicht tun! Ich tue es trotzdem und lasse Richard – dem Oberhäuptling – wissen mit Nachdruck, dass es so sein müsse. Und ... ja! Leere. Ich schwebe.

Plötzlich – stoße mit dem linken Schienbein gegen das hölzerne Board! – „Aaaaaaaauuuuuuuuuuuuuuuh!" Instinktiv lasse ich das Seil los und greife schnell nach dem Board.

Schrei: "Nicht das Seil loslassen! Nicht nach dem Board fassen!", erschreckt über mir.

Ich lasse wieder los. Greife nach dem Seil. Fasse ins Leere aber! Board zu weit weg! Wände zu weit weg! Kein Vorsprung zum dranlehnen! Kein Balken zum Umarmen! Kein ... nichts! Ich rausche! Nach unten! Dem felsigen Boden von dem Loch zu! Er ... größer, immer mehr, immer näher!

Unten.

Der Mann, der unten auf mich wartete, hatte das Seil gestoppt, so dass ich jetzt wieder große Sprüche faseln kann. Doch ... noch raus aus dem Loch. Und ... wieder glatt, schlierig gewichst, rutschig, ein nasser Boden, ich laufe auf allen vieren wie eine sabbernde Bulldogge, der das schwingende Spielzeug vor die Nase gehalten wird. Denn ich verspüre keine Lust, unsanft auf dem felsigen Boden zu landen und dann vielleicht wieder auf den Grund der Höhle abzurutschen.

Schließlich zeigt sich mir wieder das Tageslicht. Und obwohl wir nicht durch einen Wasserfall geklettert sind – Richard wollte das Risiko nicht eingehen –, ja, der erste Teil meiner Adventure–Reise: schön, ich lebe noch, ich danke Richard und dem Unterhäuptling, dass sie meinem jugendlichen Leichtsinn das Leben gerettet haben, der Natur, den Abenteuermöglichkeiten. „Yes, Sir!"

Bungy–Jump. Wir halten, befinden uns aber noch nicht am Ziel. Ich muss allerdings auf die Toilette. Und als ich wieder zurück, ... Wo ist er hin?

Der Bus – wo?

Ich ... nein, nein ... erstmal Lage sondieren, dann sehen wir weiter! Mein Blick kreist über alles, jede Erhebung, jeden Hügel. Feststellen. Könnte ja sein, er ist ... steckt irgendwo in einer Kuhle, ... nicht mehr hier! ... verbirgt sich irgendwo dahinter. Da! Dort vorn: Zwei Mädchen. Japanische Mädchen, die auch im Bus waren! „Na ja, kommt der Bus nicht, könnte man ...“

Ich trete zu ihnen, frage, was hier los ist. Doch sie – ich rede doch englisch – sie verstehen mich nicht ... wiedermal. Obwohl. Und bei ihnen bin ich mir ganz sicher, dass es nicht nur an meinem strengen Akzent liegt. Aber ich bin jetzt informationshungrig, darum wiederhole ich es noch einmal und fange an, es zu buchstabieren.

Schließlich hat es ihr schönes, aber nichtssagendes Friede-Freude-Eierkuchen-Lächeln umschifft und ich erfahre von ihnen, dass sie hier abgesetzt wurden, weil sie nicht am Bungy-Jump teilnehmen, zu viel Angst davor haben. Und „Bla bla bla.“ Insgesamt also: „Sch...eunenfresser kommen eher in den Himmel!“

Ich schaue mich um, was hier abläuft und entdecke ein sehr, sehr schnelles Boot, welches Passagiere an Bord hat und eine Speed-Tour mit ihnen macht. Auch entdecke ich ein Büro, von dem aus bestimmt alles organisiert wird.

Drinnen werde ich von einer hübschen, freundlichen jungen Frau angehört; und nach einem Anruf sagt sie mir, dass ich in einer halben Stunde abgeholt werde.

"Aber eigentlich könnte ich doch, wenn ich so lange warten muss, eine Bootstour mitmachen!", bemerke ich so ganz nebenbei.

„Na eigentlich könntest Du auch rüber kommen und an mir bisschen rumspielen!", entgegnet sie nicht – leider. Dafür: "Tut, mir leid, wir sind schon ausgebucht!" Tiefes Bedauern quillt dabei aus ihren schokoladenfarbigen Äuglein. *Oder hat sie es doch gesagt?*

"Scheiße!" – Die ganze Zeit habe ich mich bemüht, dieses Wort zu vermeiden, doch jetzt ist es doch raus wie ein Drängel-Furz aus der Musrinne. Aber – sie kann ja kein Deutsch – hoffe ich.

Sie reagiert darauf, woran ich merke, dass sie doch ein bisschen Deutsch spricht. Fällt mir aber nicht um den Hals – natürlich –, steht vielmehr auf und runzelt die Stirn.

Ich Böser aber auch. Tja: Bad Boy! Wiedermal!

Eine halbe Stunde später fährt sie mich rüber. Die Zeit vorher, als ich warten musste, ... Hihi! Den Bürofrauen wird es sehr Recht sein, dass ich verschwunden bin. Und auch das Exemplar neben mir ... es ist mich ja bald los! Denn – *ja, wirklich: Ich Böser aber auch!* – ich ging ihnen auf den Geist, auf den nicht vorhandenen Sack wie eine Made im Speck, die die Leckerbissen rausfrisst. Ich wollte unbedingt an so einer Bootsfahrt teilnehmen und sie kannten mein verquasseltes Mundwerk noch nicht. Sie fragten mich sogar, ob alle Deutschen so wären wie ich. "Nein, nur ich!" Da war ich mir ganz sicher! „Also, liebe Deutsche, ich hab Euch mal wieder mit Ruhm bekleckert! Ihr dürft mich ruhig lobpreisen!"

Allerdings muss ich sagen, es hat auch ein kleines bisschen Spaß gemacht, mich mit den Frauen verbal herum zu prügeln. Zwar wäre es mir lieber gewesen, eine von ihnen (vor allem die, die jetzt neben mir sitzt) hätte dabei ihren Rock hochgezogen – eine Hose hätte es aber auch getan –, doch leider war das nicht zu erwarten und wie ich sie besülzt habe, schon gleich gar nicht! Darum musste ich mich damit begnügen, dass dies eine Übung für mein Englisch-Sprachvermögen darstellte.

Doch jetzt – meine Brust schwillt an, mein Kinn reckt sich ein Stück in die Höhe, meine Zunge fährt immer wieder nervös über die spröden Lippen, ich fühl mich gut, hervorragend, noch besser – ich bin an der Bungy-Jump-Stelle angekommen. Des Adventure-Wochenendes zweiter Teil kann beginnen.

Auf dem Podest eine Bank, von der aus ich mich in die Tiefe stürzen werde. Hinab, hinab. Und dann?

Aber noch sitze ich drauf, noch! Habe aber schon einen Gurt zwischen den Beinen wie ein Häftling, der in einer Ecke hockt, wo er seiner bevorstehenden Hinrichtung entgegenschlottert. Mir bietet sich noch die Gelegenheit, live zu beobachten, wie ein anderer hinunter stürzt. Keinen Laut hört man dabei. Man ... Ich schlottere am ganzen Körper ... sehe ihn nuhur hilabst-st-st-fallen und dahann ... ich klappere mit den Zähnen ... weg! Nuhur Platschehen irjendwo! Stihillee! ... Da-da-draußehen, uhum mich do-do-drumrum ist sch warm, nur ehe T-Shirt unde Turnhohose hahab ist ahaan. Doch innerlich ...

Jetzt ich! Abgrund! Schaue runter: Unten ein See, auf dem sich zwei Boote bewegen – zwei Leichenboote –, um die Runtergestürzten aufsammeln. Und nun ... ich der Nächste! In meinem Bauch herrscht ein flaues Gefühl, ich fühle, wie sich alle Härchen an mir aufrichten, so dass die Borstigkeit eines Igels dagegen als weich hingestellt werden kann. Nervosität hat von mir Besitz ergriffen wie von Otto I., als er den Ungarn gegenüber stand. Aus meiner Hose tropft es raus wie bei Opa Helmut, bei dem Oma Erika nicht weiter rubbeln wird. Irgendwas rast jetzt spürbar schnell durch meine Körper, mir muss also warm werden! Nur – es hängt sich an meine Mundwinkel wie die Bleikugeln an die Eier des indischen Extrem–Sportlers – mir ist immer noch kalt, sehr kalt, grausig kalt. 40 Meter fällt man hier dem See entgegen.

40 Meter, dann „Platsch!" Nur noch begraben des zermatschten Körpers im See! Kein Lebe-wohl mehr an die Fische! Kein ... Mir fallen wieder die Sorgensprünge einer Frau aus Deutschland ein: "Wenn das Seil reißt!" Ja, doch ich Feigling?

Nein! Auf keinen Fall! Wird schon schiefgehn! Und – keine Frage – ich schaffe es!

Ich stehe keinen Schritt vor dem Abgrund. Klappere immer noch mit den Zähnen. – *Nur weil mir kalt ist??* – Ich will es nicht wissen. Stattdessen die Anweisung, nach rechts zu schauen, weil noch ein Bild von mir gemacht wird: "Macht's gut! Denn es könnte mein Letztes sein!" Dann der Countdown hinter mir: "1-2-3-jump!" Ich lasse mich mit ausgestreckten Armen fallen.

Plötzlich ein Blitz in meinem Kopf: „Was soll das? Was tust du da?" Doch dann ist auch der Blitz verschwunden und mein Denken ist aus. Ich falle. Wie ein Blatt im Wind. Nur, dass eben auf diesem Blatt die Anhängsel des Glyphosat dran hängen, um ihre Wirkung auf die Stoffwechsel der Lebewesen unter Wasser zu testen.

Dann – „Wo bin ich? Was ist mit mir? Wer bin ich?" Hoch und runter, hoch und runter ... wo das Seil hält, mein Knie tut mir dort weh! Sehr weh! Werd ich dann laufen können? Was ist das dort? Der See? Ja! Ein Boot darauf. Mit Mädchen an Bord, asiatischen, die sich duckmäuserisch zwischen die Wanten geklemmt haben, als wenn sie in einem Patriarchat lebend auf die angespitzte Knute ihres Mannes warten! Und einem neuseeländischen Paar, dass die Hände in die Höhe reckt, als wöllten sie mich – als der aus dem Himmel kommende – anbeten.

Da – ich schaukel immer noch. Komme den mich-Anbetenden mal näher, fliege dann aber wieder weg. Wie ein kurz-vor-dem-austrocknen-stehender-Wanderer in der Wüste, der seine spröden Lippen in ein Wasserloch steckt und dann dort doch nur Sand frisst, während ihm klar wird, dass er nur einer Fata Morgana auf den schemenhaften Arsch gesprungen ist. Mich jagt es nach oben, um gleich wieder jäh kurz über der Oberfläche des Sees zu schweben, als wäre ich Sysiphus, der seiner mühsam hochgebrachten Last hinterherjagt. –Könnte dann aber auch ein Pop-Sternchen-in-spe sein, das in der Castingshow ganz weit nach oben stieg, sich aber danach mit der Realität konfrontiert sah. – Dann schaukelt es mich nach links – wo die ANTIFA Hitler um ein Kind bittet – und nach rechts, wo die Petry gerade nackt auf dem Höcke sitzt und ihm vor die Nasenlöcher pisst. Und ich schaukel im Kreis, als wöllte ich einen Rundblick haben wie ein tyrannischer Diktator, der darüber informiert sein möchte, wen er als nächstes an sein fliegendes Flugzeug hängen kann und mit Wohlwollen die vertrottelten Tölpel von der PEGIDA sieht. Aber ...

Da, mein Denken fängt wieder an zu arbeiten! Ich schaue mich um. – An den Ufern des Sees stehen dick bewachsene Bäume; sie sollen wohl dafür sorgen, dass die Schmerzensschreie der hier Aufgeklatschten nicht nach draußen dringen können. Die asiatischen Mädchen im Boot sehen mit einem Mal so ... lecker, appetitlich, anbeißenswert aus, ich könnte sie sofort anknabbern. – Ob das daran liegt, dass ich alle verkehrt herum betrachten darf? Denn immerhin wurde vor kurzem festgestellt, dass die äußere Schönheit eine Frage der Symmetrie ist und die symmetrischste Frau der Welt eine Asiatin ist. (Lag wohl an ihrer kleinen Nase! Dadurch konnte diese nämlich nicht nach vorn kippen und dadurch die Hierarchie der Körperteile durcheinanderbringen.)

Aber eigentlich könnte ich die ganze Welt umarmen, mit ihnen rumulken, mit allen Ringel-Reihe tanzen. – Na gut, nicht mit allen. Man nehme raus ein paar kotzbrockige Despoten, Dschihadisten und rechtsextreme Spinner – Dürfen es auch Glatzen sein? – Aber sonst? Na gut, Silvio Berlusconi auch nicht grade, denn für den bin ich schon zu alt, der nimmt nur Minderjährige, bei denen nicht mal im Ansatz Schamhaar auf seiner Lippe stacheln könnte. Oder auch nicht Tim Mälzer, dem ich „zu kleine Titten und einen Penis" habe. Aber sonst? Ich fühle mich frisch, frei, stärker, bin froh darüber, dieses Bungy-Jumping überstanden zu haben. Ich möchte jeden daran teilhaben lassen, ich könnte jetzt mit Jedem um die nicht-zu-bezahlende Wette rennen bis zum übernächsten Baum oder bis zum Pier dort vorn und dann auf Händen im Watschelgang zurück. Außer ...

„Auauauh!"

Mir tut mein linkes Knie weh.

Ich werde von denen im Boot aufgefangen und rolle hinein.

Abtransport zum White-Water Rafting. Ich gebe meinem Reiseführer noch meinen Nothilfepass, in dem steht, welche Adresse in meinem Verletzungs- oder Todesfall zu benachrichtigen ist. Denn beim Abseilen – Prellung am linken Schienbein; beim Bungy-Jump – Überdehnen der Sehne am linken Meniskus. Und heute – keine Ahnung, was kommen wird! Deswegen ... alles vorbereiten ... dieses Wochenende ... ich schaue mich um.

Wir sitzen im Boot – sechs japanische Mädchen, ein Führer, eine Führerin und ich. Wir haben Schwimmanzüge an, haben Sturzhelme auf, tragen eine Schwimmweste. Jeder hat ein Paddel. Ich soll es zwar nicht benutzen, doch da der Umstand "Mutti, mach die Tür zu, ich kann nicht sehen, wie du arbeitest!" mir nicht so richtig zusagt, paddel ich mit. Allerdings dann, wenn wir einen Wasserfall erreichen, muss ich eher abtauchen. Damit ich schon Vorsprung habe beim wieder–Auftauchen.

Bis jetzt – traumhaft! Die Gischt kreist über das Wasser und weckt in den Paddlern eine Trunkenheit der Freiheit aus, des Losgelöst-Seins von gesellschaftlichen Zwängen, des mitnichten rennen–müssens nach seinem Lebenserhalt. Manchmal weniger, manchmal mehr verspritzt sie transparente, einem silbern erscheinende Tropfen auf das Visier des Sturzhelmes, um sich danach in alle möglichen Farben aufzusplittern. Und als würde Nereus aus den Fluten steigen und wäre von einer von einem Regenbogen-Prisma bestrahlten Aura umgeben, wandert ein schimmernder Nebel über das Wasser und verteilt das Opium des Glücklich-Seins.

Ja, bisher war es wunderschön. Unklar, dass uns Honecker & Konsorten das vorenthalten haben. Wollten sie nicht, dass wir ...

Durch ein paar Stromschnellen sind wir schon durch, nun aber – wir halten vor einem größeren Wasserfall; der Führer gibt uns nochmal letzte Instruktionen wie ein katholischer Priester, dem ein prall gefüllter Geldbeutel nebst dem Poloch eines männlichen Kindes vor die wässrige Zunge gehalten wird, damit er die Absolution erteilt und der Bürger sich die nächste Orgie reinziehen kann: festhalten; wenn wir aus dem Boot geschleudert werden, einrollen, dann kommen wir wieder hoch. Und ich verschwinde schon in der Versenkung, beginne, mich festzuklammern.

Plötzlich ... unser Boot ... es dreht sich! Es knickt nach rechts, nach links! Wie ein Wackelbrett, das sich schon immer mal hin und her bewegt, um dann Vorsprung zu haben, wenn der Geh-Verkrüppelte draufzusteigen versucht. Auch Schreie, männliche Schreie, weibliche Schreie, tierische Schreie! Doch: Nein, nein, nein, ich kümmere mich nicht darum! Vielmehr ... was passiert mit mir? Meine volle Konzentration gilt dem Festhalten, mich reißt es hin und her! Ein monströser Wasserschwall ... er kommt, er kommt, er kommt ... immer näher, immer weiter, wir sind ... er bedeckt auf einmal das Boot! Doch ich lasse nicht los. Dann knickt das Boot in der Mitte ab! Doch ich lasse nicht los. Jetzt wird es um mich herum grün. Es wird feucht! Es wird nass! Meine Klamotten ... es zieht mich nach unten! Ich ... ich ... ich bekomme keine Luft mehr, mein Mund füllt sich mit Wasser. Dunkel! Über mir! Vor mir! Um mich herum! Wie im Sarg eines Vampires zu vormittäglicher Stunde, der aber geflutet wird.

„Das Boot ist über-, ist umgekippt! Öffne Deine Augen! Spuck das Wasser aus! Befreie dich! Schwimm nach oben! Schnell! Das ist deine einzige Chance, hier lebend rauszukommen! Denk an Patricia! An Rowan! An Kimiko!"

Ich höre es, befolge es und gehorche meiner Über-

lebensstimme, ziehe die Beine an und stoße mich sofort ab. Komme auch augenblicklich an die Oberfläche. Hole Luft, öffne die Augen. Doch ...? Verdutzen!
„Neeeeeeeeeeeiiiiiiiiin!"

Um mich herum ist wieder alles dunkelstgrün! Schwarze Schlieren blinken schon durch die sich bewegenden Bläschen! Ich bin ... auf dem Boden des Flusses! Wasser dringt wieder in meinen Mund, diesmal schlucke ich es runter. In dem Moment: Ich kann nicht den ganzen See aussaufen, ich muss den Mund schließen, den Atem anhalten, hoch – muss! Sonst ...

Lass Dich fallen! Breite die Arme aus! Irgendwer wird Dich schon retten, irgendwer ..., irgendwer ... Denk an die Grübchen im Kinn der Frau vorhin! Oder an die Sommersprösschen, die über ihre Wange huschten! Denk an das niedliche, schüchterngraziöse Lächeln von Kimiko! Und an die vollen, dunkel-rot bekranzten Brüste von Patricia! Denk an ...

Ich fange an, Schwimmbewegungen zu machen. Vielleicht sind sie nicht richtig, aber trotzdem – um mich herum von dunkel-dunkelgrün zu dunkelgrün.

Wieder Wasser in meinen Mund! Ich schlucke es wieder runter! Und verschlucke mich wieder nicht!

Heftiger, hastiger werden meine Schwimm-Bewegungen! Und das Wasser – bald – hellgrün! Ich merke es – ich glaube es – ich weiß es, die Oberfläche in Sicht! Doch plötzlich – wieder Wasser im Mund!

Schlucke es auch diesmal runter! Und verschlucke mich wiederum nicht! Doch … ich sacke dabei wieder runter und merke, wie knapp meine Luftreserven werden!

Du kommst hier nicht hoch! Schau Dich doch um! Du bist hier willkommen! Niemand da, der ruft: „Du bist ein Krüppel, Du darfst das nicht!" Hier bist Du auch nicht mehr behindert! Hier bist Du ein Mensch! Ein vollwertiger Mensch! Ein Mensch, den man wirklich achtet! Hier kannst Du werden, was Du willst!

„Nein! Nein! Nein!", schreie ich innerlich diesen Gedanken an. „Ich kann mich noch bewegen, also kämpfe ich um mein Überleben!"

Doch ich spüre des Todes Klauen – sie wollen mich ergreifen, mich bereisen, mich verheizen. Einfach so, als wenn irgendein Unschuldiger von den Amis einen Sack übergestülpt bekommt, damit man ihn geruhsam nach Guantanamo verfrachten kann. Und ich spüre, wie seine Fratze mir immer näher kommt, dass er einen üblen Mundgeruch hat! – Es wird immer kälter! Ich fange an zu frieren! Beginne ich zu zittern?

Wieder ich rudere! Rudere und rudere, schwimme, paddel, irgendwie, irgendwann, irgendwo, nur – Oberfläche!

Plötzlich: Wieder da! An der Oberfläche. Hole hastig – ächzend hustend und Wasser ausprustend und mir ist schlecht, mir dreht sich bald der Magen um wie bei Kim, als die Scheiße in seinem Arsch zu dick wurde, weil das ganze Volk von Nordkorea reingekrochen war – Luft. Odem. Sauerstoff. Entdecke eine Rettungsboje (welche von den Booten aus ins Wasser geworfen wird und woran sich der Betreffende im Notfall festhalten und rausziehen lassen kann), greife nach ihr, erwische sie und halte ganz fest!

Sofort ruckt sie an. Doch: Mein Blick verschwimmt, es reißt brennend an meinen Händen, wieder Wasser um mich drumrum; ich fühle, wie mein Körper sich aufbäumt, weil er nach Luft schappt – wieder, erneut, ein weiteres Mal wie der erstickende Montezuma, als das von den spanischen Konquistadoren um seinen Hals geschlungene Seil immer enger gezogen wurde. Oder wie die nach Licht gierenden sunnitischen Gefangenen, denen die amerikanischen weiblichen Soldaten ausgestopfte, mit klebrigen Schmalz eingeschmierte Schweine-Fotzen über die aus einem Loch herausstehenden Penisse gestülpt hatten.

Doch ich halte mich weiterhin fest an der Boje, ganz krampfhaft fest! Sehe, wie sie schnellen Schrittes tänzelt wie die kleine Meerjungfrau. Und das Rauschen der Boje klingt wie das schmachtende Stöhnen von Esmeralda, die sich dazu verdingt hat, den Himmelsscharen immer ihre Kutsche zu ziehen. Dann ...

"Ist alles okay?", werde ich im Boot sofort gefragt.

Ich betrachte erleichtert den Himmel, welcher von der Sonne erleuchtet wird. Ich wusste gar nicht, dass er so schön sein ist, dass seine azurblaue Tönung mich federleicht hinauf steigen lässt zu einem Altar, von dem aus ich jeden weiblichen Rock, von dem ich es will, empor pusten kann. Herrlich, dieser Anblick. Wunderschön! Genuss!

Ja, ein klein bisschen hie und ein klein bisschen da, tirallalla und hopsassa, der Schnuckelbär ist auch schon da. Aaaaaaaaaaaaaaaaaaaah!

Ich richte mich auf: „Wie lange bin ich da unten gewesen?"

"Vielleicht 15 Sekunden", wird mir geantwortet. "Wir wussten überhaupt nicht, wo du bist! Erst kam ein Paddel, dann anderes festes Zeug. Aber du – du erschienst nicht!"

15 Sekunden. 15 nur? Wirklich? Schwer fällt es mir, dies zu glauben. Denn mir kam es vor wie ... lange, viel länger. Nein, niemand hätte mir helfen können, da niemand wusste, wo ich bin. Ich könnte jetzt irgendwo dort auf dem Grunde liegen, für immer ein Bestandteil des Wasserfalls. Ja, selbst die Fische da unten hätten mich ignoriert in der Gewissheit, ich hätte ihnen nichts tun können. Ja, zum zweiten Mal habe ich dem Tod die Sense weggenommen. Ist aber unwahrscheinlich, dass er sich das noch lange gefallen lässt.

Einen Tag später.

Ich sitze wieder in Auckland, genieße mein Leben. Ich genieße es in vollen Zügen, prall gefüllten, in bis zur Sättigung beträufelnden. Denn mir ist gestern klar geworden – obwohl ich weiß es schon länger – an was für einem dünnen Faden das Leben hängen kann. Ich bin mir nämlich ziemlich sicher, so ein Wochenende – Ja, ich würde es wieder mitmachen! Und ich bin nicht lebensmüde! Aber einen Fehler begeht man nicht ein zweites Mal! Oder?

*Wahre Liebe beginnt erst nach dem Verlust
sämtlicher Illusionen und zaubert doch neue hervor.*
(Martin Kessel)

Der Garten

Ich spaziere. Ich spaziere durch einen grünen, dichten Wald. Laufe, und denke. Über Nichts. Nicht nicht denken, nein, denken über Nichts. Über Öde irgendwo, über Ausgang irgendwann? Über Qual von irgendwem, über Qual irgenddann? Und in welcher Hinsicht? Weiß ich nicht. Nur, dass ich über etwas denke. Über Nichts. Und so laufe ich durch einen Wald, durch einen grünen, dichten Wald.

Plötzlich tut sich dieser Wald vor mir auf. Eine Lichtung. Ich bleibe stehen, schaue auf diese Lichtung. Und sehe

ich sehe

Bäume, tiefgrüne, die Kronen von ihnen nicht zu erblicken. Blumen, wild lebende, aus allen Bestandteilen der Kelche duftende, den gierigen Schrei nach Liebe mit überfallender Sanftmut beantwortende, irgendwo. Farne und Moose, dazwischen, dort, wo noch Platz ist. Das Augenlicht schwankt, dreht, Pirouetten, verbiegt sich, ein glühender Schein ist entsprungen. Der Himmelsschrein platzt fast auseinander.

Ist das hier ein Garten?

Keine Linien, keine Ordnung, kein System in dem Wachsen der Pflanzen. Vögel singen irgendwo.

Doch, das muss ein Garten sein.

Ein Garten der Unschuld, ein Garten der unberührten Natur. Und kein Mensch zu sehen, welcher diese Schönheit zerstören kann.

Ich will in die Mitte des Gartens gehen. Doch schon nach dem ersten Schritt – Stopp. Die Farne schwenken sich auf, in meinem Blickfeld eine Wunder-der-Ästhetik-anmutige Frau: Blonde lange Löckchen hüllen die samtene Schulter ein; tiefblaue, die Sünde liebkosende Augen widerspiegeln den Reiz ihrer Umgebung; auf ihrem Oberkörper zeichnet sich ein Bild ab, als wenn blutrote Rosen auf zart geschliffenen goldbraunen Kelche aufgestülpt worden sind und die nur darauf warten, zum Klingen gebracht zu werden. Ja, Medea muss ein schlechtes Vorbild des Schöpfers dieser Frau gewesen sein.

Sie schaut nun entgeistert, was für ein Besucher in ihr Reich einzudringen versucht, wer sie stört in ihrer Ruhe. Doch dann

Oder deswegen?

bewegt sie sich ganz heraus aus ihren Farnen, graziös, den Gesetzen der Erdanziehung fast widersprechend. Und ... vollkommen unbedeckt, keine Spur von Scham an ihr; die bei dieser Wohlgestaltung allerdings auch fälschlich wäre! In höchstem Masse verzückt, schaue ich mich wie in Trance stehend irritiert um, ob ich hier etwa im Garten Eden gelandet bin. Die Pracht der Natur, das Wesen vor meinem Augenlicht – alles würde stimmen. Lautlos schreie ich den Himmel an, auf das er mir sagt, was vor mir im Gange ist. Doch der gibt mir keine Antwort. Ich streiche über meine Augen, prüfe nach, ob sie noch am rechten Fleck sind und kein Verzerr–Spiegel davorgeschoben wurde. Doch, ich weiß es, habe es gewusst, werde es immer wissen:

Alles, was ich hier sehe, muss wahr sein!
Wahr und wahrhaftig!

Ein rasender Schnellzug durchbraust mich, tobt in meinem schon angeschlagenen und dadurch seinen Wahrnehmungen verfallenem Herzen, steigt dann auf in den hellen blauen Himmel – welchen man nur erahnen kann –; und bleibt doch in mir, pocht mit unvorstellbarer Kraft an die Außentür seines Opfers: Ich will – ich muss mich ihr zeigen, habe keine andere Wahl!

Was ist das??

Wieder eine Überraschung! Irgendetwas, was nicht zu sehen ist, verteidigt den Weg vor mir! Lässt mich nicht einen Schritt weiter gehen! Im Gegenteil! Es will mich zurücktreiben! Schafft es auch! Und ich kann nichts dagegen tun! Ich kann mich nicht wehren gegen diese Kraft! Ich bin ihr ausgeliefert, bin wehrlos. Oh, wie diffamierend. Depressionen versuchen, sich über mich zu ergießen. Wahrscheinlich ist es so, dass ich mich an dieser Schönheit, die sich da meinem Auge bietet, nicht weiter ergötzen soll.

Der Moment ist gegangen, diese Kraft ist verschwunden. Ich schaue um mich – niemand zu sehen. Darum versuche ich, in den Garten zurückzufinden, laufe, renne, hebe fast ab vom Boden des Waldes. Aber bald – zu bald – verlässt mich die Kraft. Und ich muss einsehen, der Garten, er ist weg.

vom Winde verweht

Einfach weg! Doch mein Gefühl sagt mir: Irgendwo muss er sein, er hat irgendwo zu sein! Doch wo??

Woooo???

Ich schreie jetzt das in den Himmel – nach wie vor genießt er es zu schweigen.

Nun setze ich mich hin; falle zurück – in das Denken an Nichts. Und auf einmal kommt die Dunkelheit auch über diesen Ort, umhüllt alles und jeden, umhüllt auch mich mit seinen wohltuenden, durch nichts und niemanden zu durchdringenden Schwingen.

Es ist kein Mensch so böse, dass nicht etwas an ihm zu loben wäre.
(Martin Luther)

Der Kloakenvielfüßler

Sumpfiges Gebiet ringsum. Kein Vogel zwitschert darüber, kein Sonnenstrahl verirrt sich auf die gefleckte Plörre, keine Grille meckert ignorant über den morastigen Klumpfuß der Natur. Nur dieser Schlund, der aus dem Wasser herausragt und alles und jeden in sich aufsaugen will, wie ein Säugling die Milch aus der Mutterbrust. In den Kronen schimmert silbrig der Totenkopf des Mondes, den zwei Krallen hochhalten, die scheinbar in die Augen des Kopfes drücken; als wollten sie, dass er die Gülle unter sich – aus der er vor langer Zeit herausbrach (als die Erzengel noch Hoppserle spielten) – nicht mehr sehen muss. Im Wasser glitzern schwarze, abgestorbene Bäume, die aussehen, als hätte die eitrig-verquollene Mittagsfrau hier gebadet und dabei ihre Haare verloren. Nur in der Mitte streckt sich eine glattgewalzte Bahn – die aussieht wie die Erklärung einer Sekante im Mathematikbuch –, über die die vielzähligen Bei-

ne einer beringten, leuchtenden und nach Butter-
säure miefenden Kloschüssel schleifen. Auch stehen
die verschnörkelten Buchstaben eines Spruches um
sie herum: MOETAS UAETA DARIES DARDARIES ASTATARIES
DISLOCARINTER. Ab und an rutscht ein Bein ab und landet im Morast. Die Kloschüssel zieht es wieder heraus
und will es wieder auf die glattgewalzte Bahn stellen.
Doch nur ein zerfranster, gelblich tropfender Klumpen taucht aus dem inzwischen Blasen bildenden
Wasser auf, als ob Piranhas ihn abgefressen und zum
Schluss dagegen gepisst hätten.

Eulen kreisen zerstreut über die Wipfel, knabbern
sich im Flug so lange an ihren Krallen, um sie schärfer zu machen, bis es rot aus ihnen heraustropft wie
aus einer Sektflasche, der der Boden abgeschlagen
wurde, um dann schmerzerfüllt den Morast anzu-
schreien, weil sie nicht wissen, wie sie dem Einhalt
gebieten sollen.

Plötzlich erhebt sich am Rande eine Reihe mumi-
fizierter Gestalten. Sie stellen sich zusammen, die
rechte Hand vor die Brust, die linke in der Tasche
zwischen den Beinen des Nachbarn; wo sie aber nicht
still ruht, sondern vor und zurückrutscht, als wäre
dort eine Schiene, auf der sie sich wie eine Draisine
bewegt.

In der Mitte wird ein nackter Mann an die Oberfläche gehievt, als würde ein Sessellift aus dem Wasser emporfahren. Der Mann hat statt Füßen Flossen,

er rekelt sich lasziv über die Fläche des Stuhles, hat die Beine gegrätscht und fummelt mit seinen rechten Fingern dazwischen herum, seine pralle Brust wird von purpurnen steifen Nippeln geziert, seine nackten Schultern glänzen seidig durch den von seiner Stirn heruntergelaufenen Schweißfilm. Aus seinen halblangen blonden Haaren springen Fische zurück ins Wasser; andere bleiben in seinen Haaren gefangen, zucken bis zur Verendung, wovor sie aber noch eine magentafarbene Flüssigkeit in das Wasser speien, woraufhin eine einzelne Woge emporsteigt und diese Fische ihrem rechtmäßigen Grab zuführt.

Frösche haben sich am Ufer aufgebaut und quaken den Mann wütend an. Seinem Mund entweicht eine nach verwesendem Knoblauch stinkende Wolke, die die Eulen taumeln lässt; nun fallen die roten Tropfen nicht mehr neben den Mann, sondern auf ihn. Den Fröschen kommt es so vor, als hätte jemand ein Messer in den Mann gerammt, es an Ort und Stelle umgedreht und anschließend lange Bahnen gezogen. Und der mittlere sieht, wie zwischen den Beinen des Mannes ein roter, mit grauen Streifen durchsetzter Klumpen in ihre Richtung herausschießt und gegen sein linkes Auge kracht.

Plötzlich richtet sich der Mann auf, hält sich dabei den Bauch und verzerrt schmerzerfüllt das Gesicht. Er springt auf die Kloake und ... ein Grollen ertönt, bildet den Unterton zu *Je t'aime*, dem alten Gassen-

46

hauer, als würden da zwei mit opportuner Klang-
richtung gegeneinander anstöhnen und ... *blubb!* Die
Kloake verzerrt ihre Gestalt. Sie gibt das braun be-
schmierte Hinterteil des Mannes wieder frei, lässt
Wogen aus sich herauswallen, die den Mann besprit-
zen, der sofort seine linke Hand ausfährt, um nach
Papier zu greifen. Doch ... er fährt die Rechte aus,
doch ... er lässt sich ins brodelnde Wasser fallen.

Im Morast wird es langsam heller. Gen Himmel streben leuchtende Zylinder, die von abblätternden Klü-
sen durchsetzt sind. Das Wasser raucht, als ob für
vom Sonnenstrahl getroffene Vampire das letzte
Stündlein geschlagen hätte. Das sich bislang hin-
durchziehende dunkle *Je t'aime* wird von einem flot-
ten Lambada abgelöst. Das Wasser stiebt auseinander und verdunstet augenblicklich, als würde jemand
mit glühenden Kohlen an den Füßen hindurchschrei-
ten. Die Kloschüssel verdreht sich zu einer Hyperbel,
während nacheinander kleine Emaillestückchen aus
ihr herausbrechen und wie ein Messer in der Brust
eines Freiwilligen im nächsten Baum stecken bleiben
und dort aufgeregt vibrieren.

Dann verschwindet alles, als stünde ein riesiger
Staubsauger vor dem Busch und nähme alles in sich
auf. Der Rest der Kloschüssel hechtet großen Euro-
scheinen hinterher, platzt auseinander, als er die
Scheine erreicht. Braune, klebrig aussehende Klum-

pen lösen sich aus ihm, um anschließend sofort zu verschwinden und jetzt das Gelände freizugeben, auf dem sich nun die Sonne ausbreitet.

Gefurzt wird immer in der Nacht
und immer so, dass es schön kracht.
(Wolfgang Amadeus Mozart)

Nachts

Ein Poltern. Noch ein Poltern. Und wieder eines. Dann ein tiefkehliges, von schrillen Tönen bekämpftes Summen beginnt den Himmel zu überfluten. Die Arbeiter – sie sind dabei, eine Straße zu reparieren – schauen auf verstört und entsetzt; schauen als einzige auf, denn nur sie sind noch auf der Straße – der Nachtwächter lief schon mit seiner Glocke über das Firmament –, schauen auf zu den Wolken, die rasen am Himmel. Dazu die Flecken blitzen auf, die des Vollmondes, gespenstisch das Gleißen, dort und auf der Erde.

Bäume im einsamen Wald rundum beginnen, sich zu bewegen. Ein Rauschen erklingt, melodisch, melancholisch, schwermütig. Die letzten Vögel, die hier schlafen, in ihren Nestern, auf diesen Bäumen, Freddy Krüger wickelt sie ein. Aufgeschreckt wälzen sie sich von Flügel zu Flügel. Der Geräuschpegel schwillt an. Todesgeschrei der von den Bäumen im Schlaf getöteten kleinen Tiere. Der Geräuschpegel schwillt an. Panisches Flüstern der in Mitleidenschaft gezogenen

49

Pflanzen. Der Geräuschpegel schwillt an. Knallen und Brechen des Zweigwerks entstanden durch die hektischen Fluchtversuche der hier lebenden Vegetariertiere. Der Geräuschpegel schwillt an. Wütendes Gebrüll der in kleinen Mengen lebensvernichtenden und hier in ihrem Schlaf gestörten Herrscher im Wald. Der Geräuschpegel schwillt an. Anfänglich bloßes Rauschen ... der Geräuschpegel schwillt an. Orkanwellen kommen auf; durch ihre Disharmonien und scheinbare Ungeordnetkeit – Schrecken verbreiten sie bis in den kleinsten Hintergrund des Bewusstseins – Lethargie, Apathie, Trance. Und noch immer dieses Poltern. Nur die Bäume wissen, es kommt nicht allein von ihnen. Doch auch sie verraten den Grund dafür nicht, wollen ihn nicht verraten, können ihn nicht verraten; glauben nur, es ist der Herrscher der Nacht, der sicherlich im Monde wohnt, auf einer riesigen Pauke den Takt angibt, den die Lebewesen der Erde zu beschreiten haben.

Die Geräuschkulisse setzt sich auf die Stelle, an der auf der Straße unter riesigen Scheinwerfern noch gearbeitet wird. Sie verängstigt die Arbeiter, stark, doch sie arbeiten weiter, bis zum Tode – sie sind Japaner.

Die ersten Bäume am Straßenende tauchen sie auf. Der Geräuschpegel schwillt an. Der Gehörschutz ... er funktioniert nicht mehr. Die Arbeiter ... sie wollen ihn verstärken. Doch ... es geht nicht, sie können es nicht, sie wissen nicht wie. Stehen da wie gebannt, unfähig geworden, sich zu bewegen, konfus und doch ehrfürchtig gleichzeitig. "Halleluja." In Andacht senken sie den Kopf.

Die Bäume. Sie sind angekommen. Die Arbeiter. Sie brauchen keinen Gehörschutz mehr, weil sie ohnehin nichts mehr hören können. Der Geräuschpegel ... er zerstörte ihnen ihr Gehör. Doch die Anwesenheit der unheimlichen Hymne ... sie spüren sie trotzdem. Schmerzen, durch die, die ihre Ohren bevölkern. Nein, dies ist kein Traum, alles hier ist fürchterliche Realität, vielleicht die Arche Noah, die Sintflut lässt jedoch noch auf sich warten.

Die all-weise Vorsehung, das Gackern der Bestimmung, der göttliche Zungenschlag – die Arbeiter dem zuwider handeln – nein, niemals.

Der Boden fängt an, sich zu bewegen. Die Arbeiter ... sie denken sofort an ein irdisches Erdbeben, doch ... nichts. Stehen.

Die Erde ... sie öffnet sich. Die Arbeiter ... sie sinken. Ihre Füße verschwinden jämmerlich. Aus den Löchern sie winken.

Die Arbeiter versuchen nun dagegen zu stapfen, dagegen zu treten, dagegen zu trampeln, sich von diesem Sog, der sie in die Erde zieht, zu lösen, zu befreien, zu retten. Doch ... es gelingt ... ihnen nicht. Warum? Fahle, knochige, grau-fleckige Hände halten an ihnen fest, trotz erbitterter Gegenwehr – sie geben sie nicht mehr frei. Die Körper wachsen empor, die dazugehörigen, und die Köpfe, die folgen. Ebenso fahl und knochig, genauso wie die Finger. Und sie feixen, feixen, feixen, es verziert geradezu den jeweiligen Totenschädel. Dazu den Arbeitern wird bewusst auf schmerzhafteste Weise, der Ring um die Fußgelenke er schließt sich immer weiter, bis ... bis die Blutadern aufplatzen vor Druck, die Fußgelenke anfangen abzufallen.

Ein riesiges Gekreische es brandet nun auf im Inneren, zwischen den Arbeitern: Sie kreischen vor Schmerzen, schier unerträglichen Schmerzen, sie kreischen aus Angst, purer Angst vor weiterem, sie kreischen ungläubig ob der Situation, der völlig unverständlichen, in die sie hineingerutscht sind, sie kreischen nach Hilfe, nach Hilfe für sich und für den Arbeitgeber. Aber niemand bekommt es zu hören. Denn die Bäume umringen die Arbeiter, sorgen so dafür, dass die Schallwellen nicht nach außen dringen können. Und dann bewegen sich die Gerippe auf die Münder der Arbeiter zu, nun mit aufgesetztem Kopf; sie reißen den Arbeitern die Zungen heraus; sie knabbern alles ab, was dort aus Fleisch besteht, lassen es durch ihr Geflecht laufen. Nur – nichts mehr da, um die Fleischstücke zu fixieren, kein Magen, keine Leber, keine Gedärme, darum ... es fällt bei ihnen sofort wieder unten heraus, macht sich aber wenigstens noch die Mühe zu verwesen. Der von den Gerippen ausgeströmten Gestank verstärkt sich. Und ein gallertgrauer Smog senkt sich über diesen Ort, langsam, bedeckt ihn mit seinen Schwingen, lässt jeden Ton verklingen. Auch das Poltergeräusch verschwindet. Draußen.

In ihm aber massakrieren weiter. Die Arbeiter sie können nicht mehr schreien, sie können nichts mehr riechen, nichts mehr hören, auf nichts mehr schauen, denn ihre Augen liegen auch bereits unter den Gerippen. Aber die ... nicht sattzukriegen. Wie auch als bloßes hohles Geflecht?! Sie arbeiten sich weiter vor, jetzt, häuten die Arbeiter ab, beißen sie auf, kastrieren sie, um mit angewidertem Röhren ihre Beute in eines der Löcher zu schmeißen und sich dann dafür an den Schenkeln gütlich zu tun.

Die Arbeiter alles fühlen dürfen sie, scheinbar dazu verdammt von irgendjemandem irgendwann, ihre Ausweidung zu erleben bei vollem Bewusstsein, nicht zu verbluten und damit kein Ende der Pein, obwohl dies hätte eigentlich längst passiert sein müssen, sie warten immer noch auf des Todes küssen. Doch dafür ... sie vernehmen plötzlich die Stimme der Bäume, schmetternd in die inneren Räume: "Sind die Angeklagten des Frevels an der Natur, an den Gräbern, an der Nacht schuldig?" Und ein Heer von Stimmen ruft aus: "Schuldig! Schuldig! Schuldig!" Worauf die erste Stimme das Urteil verkündet: "Die hier Angeklagten" – die jetzt über den Löchern schweben und dabei fühlen, wie an ihrem Unterbau herumgenagt wird – "werden dazu verurteilt, den hierdurch geschändeten Toten die ihnen eigene Lebenskraft zu übergeben und bis zu diesem Zeitpunkt am Leben zu bleiben. Danach sind sie dem Hüter des Abfalls zu übergeben!"

Die Arbeiter wissen jetzt, wofür sie hier massakriert werden. Nur begreifen – nein. Sie haben doch nur auf den Arbeitgeber gehört, und der muss es doch wissen.

Doch fragen danach – womit? Und – keine Zeit: Ein dumpfes Plumpsen begleitet von einem schmatzendem Geräusch füllt die Löcher, in welche sie nun besser hineinpassen. Dann schließen sich die Löcher über ihnen, niemand knabbert an ihnen mehr herum, sie dürfen jetzt ihre Schmerzen genießen, auf ihr Ende – was die Erlösung sein soll, jedoch nicht sein muss – warten, wobei ihnen gewahr wird, dass jetzt die Sekunden zu Jahrhunderten werden, der Lebenssaft nur langsam, sehr langsam, zu langsam aus ihnen herausweicht. Sie können nur hoffen, dass nicht mehr allzu viel von ihm in ihnen steckt.

Die Stadt wird nach und nach von der Sonne überzogen. Und in der Fabrik erhält der Arbeitgeber soeben die Nachricht, dass an der Baustelle, die in der Nacht fortgesetzt werden sollte, etwas nicht in Ordnung sei.

Dort sieht er, wie die Erde geöffnet wird. Eine Anzahl zerweideter Menschenleiber, die in einer getrockneten Blutlache liegen, kommt zum Vorschein. Von Maschinen ist nicht eine Schraube zu sehen, sie sind einfach verschwunden.

Ein chloriges Platschen ertönt. Als nächstes das Entleeren einer Gießkanne. Seine Ohren richten sich auf. Eine blutrote Wolke steigt auf. Sein Blick folgt ihr. Die Himmelskuppel, der Zenit. Der Krebs wird sichtbar, das Sternbild. Mitten im Sommer. Am Tage. Daneben ein Loch, im Himmel. Flut, Gischt, Brandung, ein Ungeheuer darin. Mächtige Flossen, die von Titanen, hat es. Empfängt auf der rechten, der göttlichen Seite, das lebensspendende Nass, um es auf der linken Seite mit Fäkalien und anderem Unrat verunreinigt wieder auszuscheiden. Dabei quiekt mit verdrehten Augen ein trauriges Lamm zwischen seinen geifernden Hauern. Rote Tropfen treten aus ihm aus, segeln als purpurne Gummibälle die Erde hinab. Verdunkeln den Himmel, bis nur noch Maul und Zunge des Ungeheuers zu sehen sind. Die lodern. Mit Korona. Die Zunge sie schlängelt sich aus. Fegt durch den Himmel. Schlägt auf das Wasser. Es explodiert. Das Lamm ist verschwunden ... nein, auf der linken Seite es tritt aus dem Ungeheuer heraus. Als braune Masse. Sich auseinanderziehend. Weiter auseinanderziehend. Bis es zerreißt. Innerlich. Zerstäubt. Winterlich.

Dem Arbeitgeber glühen die Augen. Sie stießen an ... gezackt ... die Lider ... wanderten weiter. Bis zu ... ein anderer Kopf; ein riesiger Kopf. Die Nüstern sie beben; das Maul angespitzte Pflöcke ragen heraus; das Meer wie ein Leitstrahl springt es hinein.

Plötzlich dieser Kopf rülpst. Unvermittelt. Das Ungeheuer taucht vor ihm auf. Gefährlich. Zwischen den beiden es funkt. Blitzartig. Sie kommen herunter. Vernichtend. Das Wasser gefriert. Auf einmal. Eiszapfen hängen herab. Trotzdem ... sie sich bewegen, der Kopf und das Ungeheuer, trotzdem ... sie diese abbrechen, der Kopf und das Ungeheuer, trotzdem ... sie aufeinander einstechen, der Kopf und das Ungeheuer, trotzdem. Fetzen auf die Erde hinab. Die Sonne quietscht rückwärts. Erdbeben dröhnen am Himmel. Bäume poltern wieder am Horizont.

Alle werfen sich zu Boden. Das meditierende Summen ... es ist nicht zu hören. Alles gerinnt, zerrinnt, verrinnt. Das klagende Schreien ... es ist nicht zu hören. Gaea verkriecht sich hinter einem Schleier. Das schnalzende Bersten ... es ist nicht zu hören.

Lieber am Busen der Natur als am Arsch der Welt.

Zzzzschapp!

Der Nachtzug, der letzte. Fast geräuschlos gleitet er aus der Halle. Der Bahnsteig – leer, bis auf einen einzelnen Mann. Der sich eine Zigarette anzündet und dem Zug nach starrt, dessen rote Schlusslichter mit steigender Raschheit kleiner werden. Und er steht immer noch da, als die Schlusslichter verschwunden sind, starrt nunmehr der Wolke hinterher, die die Lokomotive auf die Gleise fallen ließ. Auch als die Zigarette soweit heruntergebrannt ist, dass sie ihm die Fingerkuppen verbrennt, gibt er seine sich an ein Gerüst lehnende Stellung immer noch nicht auf, macht keine Anstalten, aus seinem Dämmerzustand herauszutreten; er wirft sie nur gemächlich Richtung Schienen, verfolgt dabei mit mechanischem Blick ihre Flugbahn. Obwohl – er schaut nicht nach draußen. Er schaut in sich hinein, wo die Bilder des letzten Tages hervorquellen, ihm von dem berichten, was sich hinter den Mauern des Zuges verbirgt.

Er wartete auf seinen Zug und war deshalb nur mal schnell in den Laden gegenüber gelaufen, um sich eine neue Schachtel Zigaretten zu holen. Da sah er sie: Schmachtende Augen, blonde lange Haare, sinnliche Lippen, weiße Zähne, symmetrische Züge, Fieberperlen auf der Stirn. Und fantastisch geformte Beine, die leicht gespreizt waren, als wenn sie ihn zu etwas auffordern wollten. Seine Augen bekamen ebenfalls einen träumerischen Schimmer, morsten ihr zu: "Darf ich?" "Komm!" Ihre Hand ergriff ihn, führte ihn eine Treppe hinunter aus dem Verkaufsraum, blieb dann stehen, drehte nun völlig ihre Vorderseite ihm zu. Und sie umschlangen sich, bedeckten sich mit Küssen, wobei seine Finger schon unter ihren Pullover wanderten und die Nippel kitzelten, ob deren Länge er angenehm überrascht war. Dann fuhr er weiter abwärts, obwohl in seinem Kopf schon die ersten Warnlichter blinkten, dass hier irgendetwas nicht in Ordnung sei. Denn er negierte diese Warnung, warf sie in den Müllkorb wie ein halb verfaultes Stück Apfel. Und dachte nicht im entferntesten daran, mal zu überprüfen, ob die Bissen nicht madig sind, dachte keine Sekunde daran, die Augen mal nach oben zu richten, den dampfenden Vulkan vor ihm nochmal zu betrachten, dann vielleicht sogar den Mund zu öffnen und den Auswurf seiner Stimmlippen zwischen sie beide zu werfen. Denn ihn hatte eine Erregung ergriffen, wie sie sich seiner noch nie bemächtigt hatte, die in ihm ein stakatisches Zittern auslöste, so dass nun auch er seine Zunge heraushängen ließ, von der sich immer größer werdende Tropfen lösten und auf ihrem Hals eine brodelnde Kluft hinterließen.

Er riss ihr den Pullover vom Körper. Tiefe Einschnitte zeigten sich, wo eigentlich anmutige Rundungen sein müssten. Er riss ihr die Hose auf, beugte sich nieder, um sie herunter zu zerren. Bekommt im gleichen Augenblick keine Luft mehr.

Ein grüner Faden spielte Yo-Yo von seiner Nase. Eine nach gegorenem Müll stinkende Sphäre umwölkte sie. „Zzzzschapp!", als sich sein Kopf wieder zurückbewegen wollte. Ihn durchschoss der Eindruck, er müsse sich erst von etwas losreißen, von etwas Gurgelndem, schleimigen. Dazu begab sich sein Magen in die verkehrte Lage, seine Speiseröhre füllte sich von unten her an. Sein Atem wurde keuchend, seine Lunge wollte noch schnell so viel Luft als möglich einsammeln, um sich dann für einige Momente verschließen zu können, wenn der Ansturm aus dem Magen erfolgt. Aber: Seine Hose wurde auch nass, er musste wollüstig röcheln.

Ihre Finger – sternenförmige Beine eines Weberknechtes. Seine Zunge – mitten hinein in den grünen kochenden Strudel. Gelbe Punkte, die immer größer wurden. Ein breiter sabbernder Schlund darunter, ein unendlich langes blattgrünes Gebilde sich daran aufrollend. Und Schmerzen, Schmerzen in der Zunge, im Gaumen, im Rachen, in der Brust. Doch hauptsächlich in der Zunge, deren rotgelbes Fleisch sich nun aufbäumte, sich in ein Chamäleon verwandelte, sich aber nicht zurückziehen konnte – immer noch wurde versucht, sie ins Natter–hafte auszudehnen. Blut rann schon aus seinem Mund, die Zunge löste sich aus ihrer Verankerung. Ihr hocherregtes Kreischen, sein wundes Krächzen, das schwabbernde Geräusch der nun endgültig aus seinem Magen ausgetretenen letzten Mahlzeit, das jaulende Schmatzen des Schlundes vor ihm, das laute „Zzzzschapp!" seiner gelösten durchlöcherten Zunge, ihr markerschütterndes Schreien ...

Er sieht die Zigarette auf den von einer farblosen Flüssigkeit überlagerten Schienen wie ein Glühwürmchen verenden, während er sich mechanisch die hängen gebliebene Glut von den Fingerkuppen schnippt. Er sieht, wie eine Stichflamme seelenruhig das Gelände durchschreitet, bis sie auf einen Punkt trifft, der sie in eine mit Flammen durchzogene Wolke verwandelt.

Sie kommt auf ihn zu.

Er merkt, wie ihm die Trommelfelle davonfliegen.

Er nickt, als die Wolke ihn erreicht – wissend.

Vom Gerüst setzt sich ein Tropfen auf die Erde hinab.

„Zzzzschapp!"

Ein kleiner Fleck hat sich gebildet.

Wer ist ein Snob?
Jemand, der sich die Petersilie mit Fleurop schicken
lässt.

Sinnespältlich

Ich gehe durch die Straßen, langsam, zögernd, suche immer nach irgendetwas - etwas ja, aber was? Ich weiß es nicht! – Und so wandel ich hier, schaue mir die Leute an, die Schaufenster, die Läden; doch manchmal ... versunken in mir, ziellos, im rauchigen Nirvana badend ... ich registriere nicht mal dies, ich schwebe gemächlich in mich rein, lass mich treiben auf einer müden Plärre, flüchte mich in meine eigene Traumwelt, in der ich das bekomme, was ich mir ersehne.

Plötzlich wird mir ein Druck im Nacken bewusst. Als wenn ein Laser dort ein Loch gräbt. Raucht es dort schon?

Ich bleibe stehen, wende meinen Kopf, lasse meinen Körper nachfolgen ... jetzt: Ich huste, ich krächze, mir kommt es vor, als klebten die Arschbacken von dem Wrestler Yokozuna auf meinem Hals ... der Laser ackert nun an meiner Kehle! Ich ... ich ... ich schaue mich um wie einer der Altweltgeier, versuche nun zu ergründen, was die Ursache für diese Luft-Erschwernis ist.

61

Wie ein Flugzeug, das durch einen Richtstrahl angepeilt wird, bricht sich mein Blick Bahn in zwei andere Augen, ja – in zwei Augen, die dunkel und dadurch unendlich tief sind, die mich fixieren und magisch anziehen. Verzaubernd! Berauschend! In Bann geschlagen!

Automatisch ... ich wache auf, mir krabbelt es in den Gedärmen, sie – ein Feuersturm klopft an meine Pforten. Kann mich aber nicht von ihnen lösen und ... Wollen?

Aus den Augenwinkeln bemerke ich, wie an mir Sachen vorbeirasen, die mir neu und doch erklärbar sind: Landschaften, von flach ins bergige steigend, hohe Aussichtstürme, ein alles umhüllender Himmel, auf dem sich mir weit und breit keine Wolke zeigt, ewig gleißende Sonnensysteme, andere Galaxien, diverse Dimensionen ... ich torkel, ich drehe, ich spiralisiere ... die Flüssigkeit in meinem Kopf schwappt hin und her; alles in mir erzittert, bebt nach oben, um dann wie eine Feder auf den Boden zu schweben. Eine Tonne, eine schwarze Tonne, eine rote Tonne, eine Prisma-Tonne, sie krauchen an deren Wänden, bodenlos. Die Augen, sie leuchten als Farbenwechselspiel auf meinem Gesicht auf, lassen es den Teint wechseln, so dass es ausschaut, als wenn dort gerade ein Chameleon herumgeistert, das sich unter Angriffsdruck befindet und deswegen nervös ist. Ich spüre, wie es in meinem Mund trocken wird, meine

Muskeln an den Armen eine Beulung annehmen, in meiner Hose wird es eng, die Kniesehnen anfangen zu pulsieren.

Doch ich ignoriere die Bilder, achte nicht auf sie, richte jetzt meinen ganzes Augenmerk auf das elektronische Preisschild, das vor meinen Augen aufstrahlt: Umso mehr ich mich diesen Augen nähere, umso deutlicher: Eine Skizze, ein Bild, ein Schemum; ein Spiegel ihres ... Innenlebens, ihrer Seele? Es ist ... durchsprenkelt von Schwarz-Weiß-Farben – oh nein, je tiefer ich in sie versinke, desto mehr treten Farben in den Vordergrund. Und ihre erstarkende Leuchtkraft lässt mich erahnen, welche Bedeutung hinter diese Farben steckt: Weiß – sie hat noch keine Kenntnis von den verwinkelten Gassen der Wirklichkeit, sie ist noch kindlich schimmernd wie die Unschuld, die diese Transparenz in sich trägt; rot – in ihr drin schlummert eine Liebe, ein Berührungsschauer, ein einen mit Sucht überwallendes Gefühl; sie wartet aber noch auf den Adressaten, jedes seiner Partikelchen wird sie dann überfallen, einnehmen und trunken berühren; gelb – sie ist auch bereit, diese Liebe zu verteidigen mit allen ihr zur Verfügung stehenden Mitteln gegen die dunklen Mächte, welche von außen eindrängen und ihr nicht wohlgesonnen wären; violett – eine nur erahnbar riesige Hoffnung glüht in ihr, doch da diese Farbe dunkler ist, treten ihre Beweggründe nicht voll zu Tage; anthrazit – erscheint nur in ganz kleinen Punkten und ist noch nicht aus seinem Schemata in den Sichtkreis eingetreten.

Alles in ihr schreit nach Geborgenheit, nach Vertrauen, nach Zärtlichkeit; und ich will von ihr bestürzt, besiegt und befriedet werden, sie soll mich in den Boden treten, mich aber dort mit ihren weichen Brüsten auffangen; dann schwebe ich wieder an ihr hoch – wie neugeboren –, tauche in sie ein, verspritze in ihr meine Energie, bestärke sie, beschütze sie vor den wurmstichigen Kim Jong Un´s und den blökenden Trumpeltieren dieser Welt. Gemeinsam flanieren wir über eine Straße, eine Allee, eine von flauschigen Teddy-Bären-im-Jubel-Gewand flankierte Promenade, die nicht einseitig befahren ist, sondern mündet in einen wohlvertrauten Park aus Mandel-Schokolade.

Die Augen sind jetzt dicht vor mir. Und ... jetzt erst recht kann ich mich von ihnen nicht lösen. Dafür ... sie gewähren mir einen Einblick in etwas, was man eigentlich erst viel später erfährt: Sie liebt rosa Luftballons mit Wattebäuschen obendrauf, sie mag es ähnlich den Zuständen in Bollywoods Eierkuchen-Land mit Augenmerk auf das Kinder-kriegen durch anhauchen, ihr Großvater war Verfolgter im Nazi-Reich und überlebte Dachau, sie liest im ...

Sie sind mir jetzt ganz nah. Wie eine Schwarze Witwe, die ihr Junges nährt.

Ansprechen! Jetzt!

Doch als ich den ersten Laut aus mir rauslasse, ... weg! Schnell! Dahin! In forschem Tempo! Die Augen! Lassen mich verwirrt stehend zurück.

War das nur ein Traum??????????

Nein, ich nicht! Ich glaube das nicht, ich will es nicht glauben, ich darf es nicht glauben! Solche Augen - ich träume von ihnen, tagein, tagaus, im Schlafen und im Wachen, auch in der Dämmerung! Sie existieren wirklich! Nicht wahr?! Oder?

Werde ich sie wiedersehen?

Ich weiß nicht einmal, wie sie aussieht, was für einen Körper sie hat, ob sie jung oder weniger jung ist, was ihren Lebensquotienten ausmacht. Ich kenne nur ihre Augen, die mir den Blick auf anderes als sie (Banalitäten? Triviales Gewäsch? In sich gekehrtes schnödes Murmeltier?) nicht erlaubten. Aber ... kenn ich die wirklich? Wird dies genügen? - Bitte, bitte, bitte, ich flehe dich an, der du verantwortlich bist für das Zustandekommen glücklicher und vor Berührungen strotzenden Beziehungen, lass es genügen. – Es muss genügen! Und es wird genügen! Ja!

Doch ...

Zweifel sind Verräter, sie rauben uns, was wir gewinnen können, wenn wir nur einen Versuch wagen. (William Shakespeare)

Der Aufstieg

Karl steht auf einer Lichtung, vor einem Hügel. Einem steilen Hügel, der ihm inmitten der anderen Berge keineswegs wie eine seichte Erhebung vorkommt. Dazu wird er von der kahlen Erscheinung fast erschlagen; nur ein paar Baumstümpfe sind noch auszumachen, die gegen ihre Umgebung abstechen wie Schweißperlen auf unbehaarten Köpfen, während zwischen ihren diffusen Schatten gelbe Lichter hindurchhasten. "Sind das Rattenaugen?", fragt er sich entgeistert. Er kann auch den wolkenverhangenen Himmel und die ab und an aus den tiefhängenden dunkelgrauen Wolken stürzenden Tropfen ausmachen, so dass er sich vorkommt, als stecke er in einer trockengelegten schmutzigen Kanalisation. Doch er will in die Clique aufgenommen werden; muss dazu hier rauf, jetzt, im Dunkeln, komme was wolle, seien es der Drache aus der Seyfriedsage oder Zombies, die von Voodoopriestern ausnahmsweise mal freigelassen wurden, oder Werwölfe, die in einer Nacht wie dieser, in der der Vollmond sein geripptes Antlitz zeigt, aus ihrem menschlichen Käfig ausbrechen.

Karl schaut noch einmal zurück, starrt sehnsüchtig auf die wenigen Lichter der im Tal schlummernden Stadt, wünscht sich, er könnte jetzt in seinem Zimmer sein, in seinem Bettchen liegen, und bräuchte nicht in dieser kalten, nebligen, ungastlichen und ihn mit Angst überflutenden Nacht herumzusteigen. Doch am Tage den Berg hinauf zu stapfen wäre ein Kinderspiel, in der Nacht – eine wahre Aufnahmeprüfung ist das, nichts für Weicheier. Und Karl – Karl ist kein Weichei.

Er setzt das rechte Bein nach vorn, dem folgt das linke. Aber mitten in der erneuten Bewegung des rechten Beines muss er ein weiteres Mal verharren. Eine Vision erscheint ihm, in der er sieht, wie seine Mutter – seine so sehr geliebte Mutter – hart arbeitet und dabei kränkelt. In ihm reißt der Gedanke an seine hier zu bewältigende Aufgabe kurzzeitig ab. Er wird von Reue überflutet, hatte er sie doch tatsächlich vergessen. Schamvoll füllen sich seine Augen mit Tränen, krampfhaft muss er schlucken, ein Kloß steckt in seinem Hals. Seine Mutter. Sie weiß nichts davon, dass er jetzt hier steht. Sie weiß nichts davon, dass er nicht zu Hause ist. Auch jetzt ist sie schuften in einer Fabrik, die Accessoires für Autos herstellt, steht am Fließband und zieht Fußmatten aus der Maschine, die sie dann auf entstandene Mängel überprüft; ignoriert dabei ihren ständig schmerzenden Rücken, um Geld für den Zwei-Mann-Haushalt anzubringen, damit sie nicht verhungern. Denn einen Vater gibt es nicht, der ist vor vier Jahren, als Karl sieben war, gestorben. An Krebs, Hodenkrebs oder so ähnlich, eine schreckliche Krankheit. Sein Vater klagte und jammerte ständig darüber, war zum Schluss kaum noch zu ertragen. Aber vielleicht hat ihn auch Karl sein Handikap fertig gemacht, denn Karl ist behindert, hat ein steifes Knie, das rechte. Und deshalb hatte Karl bisher auch nie Freunde, niemand wollte mit ihm spielen, er war ausgeschlossen aus den Gruppen anderer Kinder; verkroch sich daraufhin für immer in sein Zimmer, setzte nur einen Fuß vor die Tür, wenn er musste.

Bis jetzt!

Der Gedanke daran lässt ihn weitergehen. Die Mitglieder der Clique haben ihm versprochen, dass auch er dies schaffen kann, alles sei nur eine Frage des Angst überwinden. Und Angst –

Hat er Angst?

'Ja!', glaubt er. Dazu kommt, dass es beginnt, ihn leicht zu frösteln. Er rafft seinen Kragen noch enger zusammen und hinkt schneller.

Plötzlich grunzt irgendwo im hinter ihm liegenden Wald ein Keiler. Ist der brünftig? Kann er seine

Bache nicht finden? Kann er sie nicht erriechen? Dazu sieht Karl Sperlinge aufgeregt im Hain aufflattern, die sicherlich von irgend jemanden gestört darauf hoffen, noch einen neuen Unterschlupf zu finden vor dem böigen, Schnee ankündigenden Wind.

Schlagartig bleibt Karl stehen. Spitzt seine Ohren, um eventuell sich ihm nähernde Schritte vernehmen zu können, bevor die Gefahr auf ihn zurollt.

Doch jetzt herrscht Ruhe um ihn herum. Dennoch schweift sein Blick abtastend über den Hügel. Da – "Was ist das? Bewegt sich da etwas? Nein, das kann doch nicht sein! Ist das ein Lebewesen? Eine Schlange? Das mittlere Stück liegt ganz ruhig um die Steigung; den Anfang kann man bei den maximal fünf Metern, die es hier möglich ist zu schauen, nicht ausmachen. Und das Ende bewegt sich, ganz langsam, aber es bewegt sich."

Karl wagt sich näher heran. Neugier hat von ihm Besitz ergriffen, ist viel stärker als die sowieso schon zurückgestellte Angst. Und jetzt kann er das exemplum movendum auch besser betrachten. Muss sich aber augenblicklich verdutzt über die Augen wischen. Denn was sich hier ihm bietet, ist keine Schlange, keine den Berg hoch kletternde Pflanze, kein Lebewesen. Es sieht aus wie ein Rechteck, ein Trapez, eine winklige Ellipse. Es ist zweidimensional. Kein Körper also. Sondern ein Weg.

Wie kann ein Weg sich bewegen? Führt der Weg hoch?

Er stellt sich darauf.

Auf einmal betrachtet Karl die Sache aus einem anderen Blickwinkel: "Allen physikalischen Gesetzen zufolge bewege ich mich selbst; der Weg aber – der kann sich gar nicht bewegen."
Um eine Bestätigung zu erheischen schaut er an sich herunter. Beobachtet seine Füße, seine Beine, fühlt seinen Hintern ab. Wird dabei immer ungläubiger, denn er steht ganz still, fast wie in Habachtstellung bei der Armee. "Das muss eine Luftspiegelung oder irgend so was ähnliches sein", redet er sich nun ein. Denn die einzige Möglichkeit, die für ihn noch in Betracht käme, ist die, dass kleine Männchen im Berg hausen und die einzelnen Krusten gleichmäßig verschieben. Doch er lässt sie ob zu vieler Irrationalität nicht gelten. Dennoch bewegt er sich.
Plötzlich wird vom Wind wieder ein brüllendes Geräusch herübergetragen. Und mit jedem Zentimeter, den er den Berg umrundet, wird es stärker. Bis er die Ursache erblickt: Nicht weit entfernt jagt ein wahrscheinlich durch die Abfallgeschwindigkeit reißender Bach hinunter, der dabei im Wege liegende Steine überspringen muss und deshalb als Gischt das neben ihm wachsende spärliche Moos besprengt.

Als wenn er durch die Scheibe eines Terrariums gucken würde und es dabei umrundet, befand er sich soeben noch an der linken Seite des Wassers, während er jetzt die rechte betrachtet. Zwar weiß er nicht, wie lange dies gedauert hat, denn die Zeit scheint hier irrelevant zu sein, eines weiß er jedoch ganz genau: Der Mond – "Dort müsste Süden sein." –, als Karl seine Rundreise begann, war verschwunden, und jetzt ist er längs der Wolken wieder aufgetaucht; allerdings paar Grad auf der Höhenskala tiefer, als wenn er alles unter sich erdrücken wöllte. Instinktiv geht Karl in Abwehrstellung, kauert sich hin, stellt die geballten Fäuste vor seinen Kopf auf wie ein Boxer, der sich vor dem Knockout schützen will.

"Doch halt – sind Seiten nicht relativ?", versucht er sich in seiner unbequemen Stellung wieder eine Erklärung abzuringen. "Wenn man irgendwo in Europa steht, dann ist es doch egal, ob man China rechts oder links gelegen nennt. Beides ist richtig."

"Schon, nur ist die Erde eine Kugel", meldet sich da eine gewichtige Stimme.

"Und der Berg hier ist eine keglige Pyramide", antwortet er ohne zu zögern. Obwohl er sich nebenbei wundert, wer da zu ihm sprach. Doch so langsam macht sich in ihm die Überzeugung breit, dass es hier besser ist, nichts zu wissen. Denn inzwischen verfällt er schon in Wortklauberei, kann sich das Ganze nicht mehr erklären.

Da taucht vor ihm erneut ein sich bewegender Pfad auf. Der um ein vielfaches langsamer ist als der unter ihm und der hinaufführt. Karl hofft, bis oben. Deshalb will er aus seiner geduckten Haltung heraus auf ihn draufspringen.

So leicht, wie er gehofft hat, kommt er aber nicht los. Er blickt auf seine Füße. "Ääh!", erfüllt es ihn bei dem Anblick mit Ekel, denn ihm zeigt sich ein Gebilde, das aussieht wie eine mit Breiigem beladene Schüssel, die ausgeleert werden soll, aber sich nur kleckerweise entblößt. Dazu scheint der Inhalt auch noch zentnerschwer zu sein, denn die Anstrengung kommt ihm vor, als müsse er eine Dampfpresse auseinandertreten. Doch irgendwie muss er hier raus, irgendwie.

Was soll ich tun?

Plötzlich kommt ihm das Gelände wieder bekannt vor. "Bin ich hier nicht aufgesprungen?" Dazu ist der Mond verschwunden, vor dessen Krater er schon zu stehen glaubte. Und sein linker Fuß befreit sich mit lautem Platschen aus der ihm auferlegten Verankerung.

Karl schüttelt den Kopf, als wenn er schwarze Schleier aus seinem Gesichtskreis schütteln möchte. Dann reißt er den rechten Fuß hoch – der schnellt in die Höhe, überflügelt seinen Körper und lässt ihn in einem Salto auf den nächsten Stein krachen.

Ein schmerzerfüllter Schrei quillt aus seinen Lungen, seine Augen drohen überzuquellen, sein Kopf schüttelt sich, als sei er von einer Tarantel gestochen worden, sein Körper versucht Sinuswellen zu imitieren.

In dem Moment braust ein vielkehliges Schreien aus dem untenliegenden Wald ab. Oder kommt es von rechts? Von links? Kommt es von oben? "Kommt es vielleicht sogar auf mich zu???"

"Bitte nicht!!!", brüllt er den Berg an, abermals den Kopf schützend zwischen den Händen vergrabend. Wackelt nun nicht mehr, sondern rollt sich zusammen wie ein Igel, der soeben getreten wurde und nun seine Stacheln ausfahren möchte.

So plötzlich, wie das Schreien angesetzt hat, ebbt es wieder ab. Der Mond lugt wieder vorsichtig um die Ecke, eine kräftige Windbö kommt angeflattert und pfeift die Wolken auseinander, so dass mit einem Mal die Sterne aufleuchten.

Karl beschaut sich seine Hose: Ein Fetzen von ihr, der mit drei Fäden an dem rechten Hauptstück hängt, klemmt zwischen zwei Steinen; selber sieht sie aus wie eine pflanzliche Zelle, die mit Vakuolen übersät ist. Und was darunter hervorschaut, ist bei weitem nicht dazu angetan, seine Haare zurück aus der Erstarrung zu holen: Auf dem eben gepeinigten Schienbein hat sich ein violett-blauer Bluterguss breitgemacht, die Wade scheint nur noch ein Klumpen verfestigter Gips zu sein. "Ist da was gebrochen?", steigt in ihm noch mehr Angst auf, während er sich aufrichtet, um die lädierte Stelle zu betasten.

Nach einer Weile versucht er, sich zu erheben. Stützt sich dabei vermehrt auf sein linkes Bein und zieht das rechte unter höllischen Schmerzen nach. Fragt sich, wie lange er auf diese Art und Weise noch weiterkommen kann.

Auf einmal wird ihm klar, dass er zum ersten Mal in seinem Leben gegen etwas schier Übermächtiges kämpfen muss. Weiß nicht, ob seine eigene Kraft dafür ausreicht, ob sein Willen dafür ausreicht. Redet sich aber in einem fort ein: "Ich werd' es versuchen! Ich werd' es versuchen!" Und beginnt, bergauf auf einem Bein zu hüpfen.

Sein linkes Bein wird immer schwerer, die Sprünge werden immer flacher, er keucht schon lange, Seitenstechen stellt sich ein, das Bild des Erdbodens beginnt von seinen Tränen zu verschwimmen.

Er verharrt, legt sich auf den Rücken, ringt um Luft, während er sich den Mond betrachtet und zu ermitteln sucht, wieviel Zeit ihm noch bleibt: "Wie war das gleich? Im Frühherbst ist das Sternbild der Jungfrau im Süden, das der Zwillinge im Westen. Und der Mond – oh Scheiße, er geht bald unter!"

Blitzschnell richtet er sich wieder auf, denn er hat nur bis Sonnenaufgang Zeit, und – erstarrt. Sein Blick ist auf die rechte Wade gefallen: Der Fetzen hat sich nicht wieder angenäht, die Hose hat sich auch nicht in Luft aufgelöst – nein, das Bein ist wieder rosig wie der Popo eines soeben Geborenen, der Bluterguss ist verschwunden genauso, wie die Wade bei Bewegung wieder locker schunkelt wie beim Fußballer nach seiner Erwärmung.

Was ist passiert?

Er versucht aufzustehen.
Was schmerzfrei bleibt. Aber die größte Überraschung: Sein Knie, sein rechtes Knie, sein steifes Knie, das noch vor ein paar Sekunden – "Oder ist das schon eine ganze Weile so?", meldet sich wieder die Stimme von vorhin.

Er zuckt mit den Schultern und widmet sich wieder seinen Beinen. Sein linkes ist noch immer matt und fast taub vor Überanstrengung. Darum stützt er sich jetzt auf das eben noch steife, was momentan ein bisschen Gewöhnung bedarf. Aber er ist überrascht, wie schnell ein Körper sich an so eine Umstellung gewöhnt, denn er fängt wieder an, ausgreifend zu steigen. Was aber immer noch nicht ganz rund läuft, weil diesmal das linke durchhängt.

Wie bestellt rückt ein einzeln in der Gegend herumstehender Holzstecken in seinen Gesichtskreis. Zehn Meter links von ihm, einfach zu erreichen. Er schaut zum ersten Mal nach oben, wo das Ziel sein soll. Zwei Bäume stehen dort, die einzigen auf dem ganzen Berg, nicht mehr weit entfernt, er kann sie fast greifen. Trotzdem beschließt er, sich erst den Stab zu holen.

Der erste Hüpfer ist getan – ein Donnern erschallt. Doch der Abstand zum Stecken scheint halbiert.

Der zweite Hüpfer ist getan – der Berg fängt an, sich wieder zu bewegen. Aber nicht zum oder weg vom Stecken. Die Bäume verschwinden himmelwärts. – Der Stecken indes ist noch zwei Arm breit entfernt.

Deshalb erfolgt der dritte Hüpfer. Plötzlich gerät sein rechtes Bein ins Schlottern und verfärbt sich rasch, eine schon bekannte Knotenkette bildet sich auf der Wade. Dazu beginnt ein Hirsch, eine Elegie in den Himmel zu röhren, weil seine Gefährtin schwanger und tot daliegt vor einer von der nahegelegenen Stadt her stammenden Smog zerfressenen Eiche; Eichelhäher kreischen aus dem Schlaf gerissen erschreckt auf; ein Wolf heult den sich versteckenden Mond an, fletscht dabei die Zähne, sich darin sicher, dass er sich heute ein reichhaltiges Abendbrot einverleiben wird. Der Wind hat wieder angefangen zu stürmen, damit Wolken herbeigejagt, die den Berg wieder in ein Kanalisationsrohr verwandeln. An Karl seinem Fuß wird plötzlich geknabbert; er schaut hinunter und sieht ihm bis zum Knie reichende graue fette pelzige Ratten, die ihn wissend gelb anleuchten.

Erschreckt reißt er den Fuß wieder in die Höhe, um ihn zurückschnellen zu lassen. Beim Physiotherapeuten musste er bei einer Therapie rückwärts gegen einen festsitzenden Gummiball treten. Er stapft in etwas Weiches, empfand er damals, das aber nur bis zu einem bestimmten Punkt zurückwich. Genauso wie hier. Doch damals war es egal, ob er weiter zurückkommt oder nicht. Hier hängt – ja was? Sein Handikap? Sein Leben? Seine Existenz? – Er winkelt seinen Fuß an, um mit der Hacke gegen die unsichtbare Mauer zu treten.

Plötzlich gibt sie nach. Ein Knall ertönt, als wenn ein riesiger Spiegel zerfallen würde. Die Ratten lösen sich so unversehens wie sie gekommen sind in Luft auf; die Wolken sind sich mit dem Wind einig, hier doch nicht ihr Unwesen zu treiben und den Mond wieder auftauchen zu lassen; die Eichelhäher verstummen; das Röhren des Hirsches bekommt einen fröhlichen Anschein, als ob er Ersatz gefunden hätte. Nur der Wolf verstärkt sein Heulen, bleckt sich aber nur noch gierig die Zähne, wohl wissend, dass er heute hungrig ins Bett gehen muss.

Als Karl am Ausgangsplatz ankommt, sind die Färbungen und Verformungen seiner rechten Wade verschwunden und das Bein steht ganz ruhig auf dem Bergboden. Der Stecken ist wieder zehn Meter auf Abstand gerückt, die Bäume sind wieder fast zum Greifen nahe. Nur den Himmel hat jetzt ein rosafarbener Schimmer überzogen, kündet Karl an, dass er sich beeilen muss. Aber es ist ja nicht mehr weit.

Karl braucht nur noch die Hand ausstrecken, um einen der Bäume zu berühren. Aufatmend bleibt er stehen. Dabei wandert wie zufällig sein Blick nach links. Und dort sieht er – Der Holzstecken hat den gleichen Abstand zu ihm wie das Tor.

Schlagartig fühlt er sich müde und matt, seine Beine, glaubt er, werden im nächsten Augenblick durchbrechen. Automatisch greift er nach dem Stecken, um sich daran zu stützen.

Der Stecken gibt nach, er sackt zusammen als wenn er auf einem mit vergammelten Schmalz gefüllten Topf stände. Im gleichen Moment knallt es über ihm laut auf; aus dem Loch, das sich im Himmel aufgetan hat, schwirren Fledermäuse auf ihn zu, riesige Exemplare, die zum Teil ihn streifen, zum Teil vor dem Baumtor auf- und abfliegen. Das langsam aber stetig wegrückt, somit die Drohung über ihm schwebt, sein Ziel werde im aufkommenden Dunst verschwinden. Dazu ist durch das umherfliegende Chaos zu sehen, wie der Mond am Horizont immer schneller werdend gen unten entweicht, dafür der Schimmer sich immer mehr zum orangenfarbenen Leuchten ausprägt. Nur noch eine Frage der Zeit, der Minuten

Hoffentlich nicht Sekunden!

bis die Sonne auftauchen wird.

Karl begreift, er muss seine linke Hand wieder lösen, wenn er noch eine Chance haben will. Nur – es geht nicht so einfach. Sie hängt fest und wird von dem Stecken zur Erde gezogen. Karl steht schon gebückt da, fängt an zu weinen, laut zu beten. Auch werden die Stöße der Fledermäuse immer heftiger. Und als ob das nicht genug wäre, spürt er einen jähen messerscharfen Stich an der Nase, der nicht aufhören will und seine Nase wimmern lässt. Gelbe Lichter blitzen ihn wieder an. Er fällt um wie ein weidwunder Elch, der von mehreren Raubkatzen angefallen worden ist.

Karl schlägt die noch freie Hand vor die Augen, um sich vor dem aufkommenden Grausen zu verstecken. Weiß auch nicht mehr, wie er seine Aufgabe meistern soll. Denn der Himmel wird immer heller, während er von einem schrillen Quieken und tiefkehligen Schnarren erfüllt wird, das in Karl seinen Ohren dröhnt, als würde er in den Pfeifen einer gespielten Orgel drinstecken. Zwischen den nächsten Steinen steigt ein geifernder Wolf empor, dessen Brüllen die Geräuschkulisse weiter abstrahiert und zwischen dessen gefletschten Zähnen die blutigen Läufe eines kürzlich geschlagenen Rehbockes verwesen.

Plötzlich hebt die Rechte von seinen Augen ab und greift nach der linken, um an ihr zu reißen. Doch noch immer nicht will sich diese ablösen.

Karl schaut sie ungläubig an, denn daran hat er keine Sekunde gedacht; ihm scheint es, als habe er sich in einem Stumpfsinnsloch befunden. Doch jetzt weiß er wenigstens, dies ist seine letzte Möglichkeit, entweder er schafft es oder er wird sterben.

Er reißt noch einmal daran. Wobei er den Stecken wieder aus der Erde zu ziehen scheint, er nähert sich immer mehr seinen Gesicht, so dass Karl schon seinen abstrusen Gestank riechen kann.

Da gibt Karl wieder nach. Will er etwa seine Nase schonen, die doch ohnehin immer kleiner und unförmiger wird, weil die Ratten sie in einem fort abnagen?

Blitzschnell ruckt er seine linke wieder an, und sieht, wie er freizukommen beginnt, hört, wie ein Geräusch die Luft zerschneidet, als kratze jemand auf Quietschpappe.

Sofort springt er auf. Ignoriert die Schmerzen an der Nase, sieht deshalb nicht die Hautfetzen und die Fleischbrocken und die zerfledderte Hand, bemerkt auch nicht, dass die Fledermäuse wie tote Krähen herunterfallen, wodurch rubinrote Striche die Unendlichkeit der Luft ausfüllen, dass die Ratten auf dem Boden ihr Leben auszittern, als wenn sie von einem Blitzschlag getroffen worden sind und dabei einen Sturzbach Blut aus seiner Nase freigeben haben, entdeckt nur aus den Augenwinkeln den Wolf, der sich inzwischen zu voller Größe aufgerichtet hat, aber jetzt an den quer im Rachen liegenden Läufen erstickt und auf dem Rücken röchelnd seinen letzten Zuckungen erliegt.

Karl schaut bis in die Haarspitzen konzentriert auf das Baumtor und hastet darauf zu, als ob er durch einen langen Tunnel renne und jetzt endlich das Ende vor sich sieht. Konstatiert deswegen nur lateral, dass Vögel in der Luft stehenbleiben, ein Marienkäfer im Flügelschlag vor seiner Nase verharrt, der sich eben verdrücken wollende Mond kurz vor seinem Untergang verweilt, ein Donnerschlag mitten im Knall erstarrt. Karl rennt nur, rennt und rennt und lässt sich durch nichts mehr aufhalten.

Er kommt wieder am Baumtor an. Die Luft ist schwer atembar geworden – oder kommt das ihm nur so vor? Er keucht, schnieft, prustet die verbrauchte Luft aus sich raus, um rasselnd neue einzuatmen; er verspürt Druck auf den Lungen; seine Beine wanken, so dass er taumelt wie ein unter den Folgen eines Giftgasangriffes Leidender. Diesmal schaut er sich jedoch nicht um, schaut nicht zurück, um seine Blutspur zu sehen, schaut nicht nach rechts, wo Piranhas nach Luft japsend den Himmel verfluchen ob des ihnen auferlegten Schicksals, schaut nicht nach links, wo der Stecken nur darauf wartet, wieder von ihm ergriffen zu werden – nur nach vorn schaut er, wo er jetzt gleichzeitig die beiden Bäume ergreift und seine Füße nachschleift.

In dem Moment ertönt ein tiefer Gong. Karl schaut auf und sieht, wie just in diesem Augenblick der Mond untergeht und die Sonne das Azurblau erleuchtet; Vögel tummeln sich über ihm, Marienkäfer vertreiben Schwebfliegen von einer einsamen, verspätet blühenden Enzian und sprenkeln dabei ein regenbogenfarbiges Prisma vor die umliegenden Berge; ein Zirpen ist um ihn herum, ein Summen, ein Brummen, das nur für offene Ohren hörbar ist; die Bäume, von denen er glaubte, dass er sich an ihnen festhält und die soeben noch kahl waren, stehen jetzt ein paar Meter von ihm entfernt und blühen, als hätte der Frühling soeben begonnen; ihre Wipfel bewegen sich sanft im lauen Wind, um ihm Luft zuzufächeln, auf dass er sich in der zunehmend aufkommenden Wärme erfrische.

Karl öffnet weit den Mund, saugt das nun existierende Aroma in seine gierig danach lechzenden Lungen. Dabei breitet er die Arme aus, weil er sich jetzt leicht wie ein Schmetterling fühlt.

Fliegen, fliegen, es Ikarus nachmachen, kein Leid mehr, keine bösen Nachbarn mehr, alles nur noch Freude, Spaß, Glück. – Doch halt, da war doch noch was! Richtig, die Clique. Wegen ihr bin ich hierauf gestiegen, wegen ihr bin ich in Bereiche vorgestoßen, von denen zu träumen ich niemals wagen durfte. Wegen ihr könnte auch die gesellschaftliche Isolation ad acta gelegt worden sein. Ja, ihr habe ich sehr viel zu verdanken, denn sie hat mir das Seil zugeworfen, an dem ich an die Oberfläche geklettert bin.

Er senkt den Kopf wieder, senkt seine Arme wieder. Doch diesmal bleibt er mit dem linken an etwas hängen. Er schaut: Abermals der Stecken. Der Stecken, wegen dem er so viel Qual erleben musste, der Stecken, wegen dem er fast nicht hier oben angekommen wäre. Erschreckt zieht er die Hand zurück und schaut um sich.

Doch nichts geschieht. Der Spätherbstmorgen bleibt weiterhin ruhig und warm, möchte Karl scheinbar zum Träumen verführen, die Vögel sind sich noch nicht so recht schlüssig darüber, ob sie schon heute ihre Reise in den warmen Süden antreten sollen, hinter ihm ist nichts mehr vom kahlen Berg zu entdecken, er ist scheinbar aufgeblüht wie die Wüste nach einem Regenschauer, liegt ruhig und gelassen da, als wäre schon immer alles so gewesen.

Er schaut den Stecken wieder an, lässt suchend seinen Blick darüber schweifen. Findet aber keine Spuren von Fleischbrocken oder Hautfetzen, und auch seine Hand sieht unverletzt aus. Seine Augen werden immer grösser, während seine Mundwinkel zurückkehren in die Normalposition. Er fasst an seine Nase – "Das gibt's doch gar nicht!", schreit er sich an. Doch sie ist unversehrt, obwohl sie vor ein paar Minuten fast gänzlich verschwunden war.

Er tastet sie immer noch ab, findet es mit einem Mal wunderschön, eine Nase zu haben. Plötzlich fühlt er aber dennoch einen Widerstand. "Aah, da ist doch was, eine Narbe!", jubelt er sich sarkastisch zu. "Ist an der Stelle etwa eine Ersatznase angeheftet worden?" Zugleich muss er sich aber fragen, ob die Narbe nicht schon von früher ist.

Er kehrt seinen Blick wieder nach außen. Greift zu dem Stecken, um sich auf ihn zu stützen – denn ebenso, wie er wieder eine intakte Hose hat, ist sein rechtes Knie wieder steif –, als sich sein Blick nach vorn richtet: "Willkommen Karl! Herzlichen Glückwunsch zu der bestandenen Aufgabe!" Und um das Transparent steht eine Gruppe Kinder, die ihm zuwinkt und zuruft, er solle zu ihnen kommen.

Karls Lippen ziehen sich noch mehr in die Länge, immer weiter, bis er einen Lachanfall bekommt. Der gar nicht mehr abebben will. Töne kindlicher Unbeschwertheit steigen auf, vermehren sich, kanonartig treten andere bei, bis die ganze Luft erfüllt ist davon. Überall ist dies zu hören, Menschen, die sich soeben noch ein Gewehr an den Kopf hielten, setzen es ergriffen ab und fallen sich in die Arme. Sogar die Erde wackelt schon, weil sie sich vor Lachen nicht mehr einkriegt. Aber niemand, der sich darüber aufregt, niemand, dem das zur Last fällt. Alle lachen mit und fragen sich, warum sie dies nicht schon längst getan haben.

Karl läuft zu den anderen Kindern.

Durch dein Gefängnis, Gottes Sohn,
ist uns die Freiheit kommen.
Dein Kerker ist der Gnadenthron,
die Freiheit aller Frommen.
Denn gingst du nicht die Knechtschaft ein,
müßt' unsre Knechtschaft ewig sein.
(Johann Sebastian Bach)

Der Fisch

Ein Fisch schwimmt stets kurz unter der Wasseroberfläche in einem großen Schwarm einsam seine monotonen Bahnen. Manchmal geht er ein Stück runter,
manchmal steigt er ein Stück. Doch das ist ein Muss!
Er muss ja z.B. auch mal Nahrung aufnehmen und sie
auch wieder ausscheiden, er muss vor den ihn bedrohenden Jägern fliehen. Aber er bleibt doch immer auf
einer Ebene, wechselt nie die Sphären, geht nie auf
Erkundungstrip, was er woanders erleben könnte.
Und so verrinnt sein Leben in trister Langeweile, die
er jedoch nicht wahrnimmt, weil er ja nichts anderes
kennt.

Da braust ein Sturm auf. Alle versuchen, sich zu
verstecken, dem Instinkt gemäß auch er. Doch hinter
seinem Riff fängt sein Unterbewusstsein an, sich bemerkbar zu machen: "Warum versteckst du dich ei-

gentlich? Dir ist zwar gelehrt worden, der Sturm ist schädlich für dein Leben, aber diese Erfahrung entstand vor Millionen von Jahren! Sie muss nicht mehr stimmen! Aber du wirst das nie erfahren, wenn du dich vor dem Sturm immer versteckst!" Und in ihm macht sich die Erkenntnis breit, dass dies etwas sein könnte, was sein Leben vielleicht aus der bisherigen Lethargie reißt.

Er schwimmt aus seinem Versteck raus. Die anderen wollen ihn zwar zurückhalten – er lässt sich aber nicht beirren: Zum ersten Mal in seinem Leben will er bewusst etwas ganz Bestimmtes, und da darf ihn niemand aufhalten.

Eine Woge, vom Sturm geschaffen, erfasst ihn. Er will weiter seine angestrebte Richtung anschwimmen – wo sie hinführen soll, weiß er noch nicht so genau –, doch diese Woge macht mit ihm, was sie will. Und es kommen noch mehr Wogen hinzu, kämpfen darum, welche ihr lustigstes Spiel mit ihm treiben kann. Dabei spülen sie ihn hoch an die Oberfläche in einem Korridor, der aussieht, als wenn sie ihm Spalier stünden, ihm für sein Ausbrechen aus der Normalität Ehre erweisen.

Doch trotzdem bekommt der Fisch es mit der Angst zu tun, fühlt, wie sie in ihm aufsteigt wie die Luftbläschen in einem mit Kohlensäure gefüllten Behälter. Er muss ohnmächtig zuschauen, wie er durch das Wasser gekreiselt wird, ohne dass er was dagegen tun kann.

Naht das Ende?

Was hat er in seinem Leben schon erlebt? Nichts!
Und jetzt ... Sollte dies wirklich schon das Ende sein?
Er treibt an der Oberfläche. Lebt. Und auch, wenn
er hin und her gepeitscht wird, er genießt sein Leben
in vollen Zügen. Zum ersten Mal! Er beschaut sich
das drohende Antlitz des Sturmes: Dunkelschwarze,
tiefhängende Wolken rasen über das Firmament,
Wind braust über die Region, woraus er ein Lied zu
hören glaubt:

Fisch, Fisch, Fisch,
getan wurde dir gar schreckelich!
Aber wenn du haben Angst vor mir,
dein Herz zerstören werde ich dir!
Aber Fisch, Fisch, Fisch,
ich begrüße dich herzelich!
Wenn du nicht verzagen,
lässt dich von meinen Wogen tragen!"

Wie um das, was der Wind da heult, zu bestätigen,
steigt ein meterhoher Brecher nach dem anderen auf,
so dass der Fisch meint, Medusa würde gleich den
Wogen entfleuchen. Die Brecher haben solche Gischt
in sich, dass er die Augen zukneifen muss. Wenn er in
der Langeweile herumschwimmt, umspielt das Wasser ihn in eintönigem Kontakt. Aber hier? Als wenn

die Gischt seine Augen eliminieren wöllte; denn sie ist scharf, viel schärfer als des Schwertfisches Waffe. Aber er benötigt doch seine Augen, irgendwie muss er doch die ganze Schönheit, die sich hier ihm bietet, erfassen können!

Er hat keine Angst mehr. Lässt sich einfach voranpeitschen. Manchmal erfasst ihn ein Strudel. Der Strudel saugt ihn an, dreht ihn ein, so dass seine Wirbelsäule anfängt, die Alarmglocken zu läuten, und speit ihn dann wieder aus; er fühlt sich danach wie gerädert. Doch sobald er wieder die Außenwelt erblickt, ist er erneut von ihrer Schönheit tief beeindruckt. Und er erkennt, dass das, was hier auf ihn trifft, der Krieg zwischen den Extremen ist: Über ihm ächzt der Wind aus allen Fugen des Universums, und unter ihm wehrt sich das Wasser mit allen ihm zur Verfügung stehenden Kräften – brodelnd und schwappend wie ein in Vibration gebrachtes Trampolin.

Ja, dafür hat es sich gelohnt, sein Leben zu wagen. Dieses Schauspiel dürfte nie zu Ende gehen. Denn wenn es so sein sollte, ist die ihm jetzt bewusst werdende Tristheit seines normalen Daseins wieder anwesend. Aber er will nicht zurück! Er will hier verbleiben, alle möglichen Konsequenzen ertragen! Selbst, wenn er dafür sterben müsste! Denn das hier ist Freiheit! Hier ist er nicht einer von aber- und abertausenden, hier ist er er selbst! Hier kann er alle

Gefühle, die in ihm stecken, austoben; und niemand wird mit erhobener Schwanzflosse dastehen und sagen: "Tue das nicht, tue jenes nicht!" Hier kann er sich selbst verwirklichen!

Er lässt sich auf den Wogen des Sturmes dahintreiben, hofft, dass, wenn dieser sich ausgelebt hat, ein neuer ihn erfasst.

Glück ist, wenn das Pech die anderen trifft.
(Horaz)

Der Lehrer

Ein Buch von Madame Curie über die radiologischen Prozesse in der Natur. Heinz sein Horchmuskel. Unbewusst der Blick über das Bücherregal, in dem schon 54 alte naturwissenschaftliche Bücher stehen, die er alle schon gelesen hat. Die meisten davon hatte er als Hochschullehrer in Berlin ergattert; doch jetzt, zurück in Hamburg seit ein paar Tagen kurz vor seinem 50. Geburtstag, kreuzt dieses seinen Weg. "Würde gut zu mir passen", sinnt der Oberstudienrat geistesabwesend, während er sich über das dunkle, mittlerweile schon schüttere Haar streicht.

In dem Moment sticht es plötzlich in seiner Brust, links. Der Atem zögerlich aus ihm heraus, neuer – nein. Heinz packt nach seinem Hals, um ihn auseinanderzuzerren, um das Problem zu lösen. Derweil sein Gesicht ... immer farbenschwulstiger. Er bricht zusammen. Die Nase ... nun platt, Springbrunnen Blut. Der Kleiderschrank fällt ... über seine Füße auf seine Finger; das obere Stück des rechten Ringfingers hüpft wie ein über die Wasseroberfläche geworfener Stein durch die Stube. Auf der Schwelle zum Schlafzimmer bleibt er liegen, zuckt nur noch wie der Körper eines soeben enthaupteten Hahnes.

Heinz versucht immer noch das die Luftröhre abschließende Partikel auszuprusten. Doch nichts rührt sich. Keine Luft mehr. Wie lange noch leben? Wann tot? Was danach?

Sein in blutrot-schwarz-getauchter-Schimmerblick wandert durch die Zwei-Zimmer-Wohnung. Schwankend! Sirrend! Flimmernd! Wie der eines kurz vor den endgültig-verdursten-stehender einsamer Wanderer in der Wüste. Ein letztes Mal. Registriert dabei nur einen kurzen Augenblick, dass das ihn retten wollende Telefon zwar von hier aus sichtbar ist, aber im Schlafzimmer steht am Kopfende von dem seit drei Tagen nicht mehr gemachten Bett. Was sollte er auch hinein sagen? Wie sollte er es sagen? Zum Sprechen braucht man Luft. Doch die ...

Heinz fühlt sich plötzlich schrecklich allein. Warum hatte sein Vater die Ohren nur offen für sein wirkliches Zuhause, den Senat? Warum sorgte sich seine Mutter, die eigentlich Kindergärtnerin war, mehr um andere als um ihn? Dabei hatten sie doch nur ihn, niemanden sonst. War Heinz schon zu viel? Niemand interessierte sich für seine schulischen Leistungen, niemanden interessierte es, dass und wie er Abitur machte, niemanden interessierte es, dass und was er studierte. Riss er deshalb während seines Studiums nach Berlin aus, studierte dort weiter, blieb dann dort als Lehrer bis vor kurzem? Hat er deswegen nie geheiratet? Hat er deswegen nie eine Freundin gehabt? Hat er deswegen nie einen Freund gehabt? Doch er hat Freunde: Seine Goldfische, die ihn aufgeregt aus ihrem Aquarium anglotzen und dabei wie wild durch das Wasser schwirren. Ach ja, sie haben Hunger. 18.00 Uhr. Essenszeit für sie.

Sein Stammhirn klickt müde aus: Aufstehen, zum Küchenschrank gehen, Fischfutter herausnehmen, das ins Aquarium schütten. Doch im Genick bleiben die Impulse stecken – Stau. Sein Blick – Schwarz komprimiert sich. Es ist still geworden in der Wohnung.

Klopfen an der Tür.

Ich war schön, reich und sexy. Und dann klingel-
te der blöde Wecker

Der Streit

Ein Raum, ein Bett, ich liege darin, ich kann es spüren. Ich, Mike Scholz. Bin dabei, meine Augen zu öffnen. Will dabei sein! Doch – es ist nicht so einfach.
Nicht so leicht. Nicht so gut möglich. Wollen sie nicht
oder können sie nicht? Angst. Sie greift um sich.
Lässt mich erstarren. Frösteln. Dabei schwitzen. Bekomme ich deswegen die Augen nicht auf? „B–b –
blob!" Plötzlich sind sie auf. Und was ich da sehe,
lässt mich wissen, warum sie sich nicht öffnen wollten: Ein Zimmer, ein weißes. Ein Krankenhauszimmer? Scheint so. Es stinkt so penetrant nach Desinfektionsmittel, irgendwo aus der Wand hinter mir ertönt gerade das Röhren von Roland Schmeißer – ach
nein, Kaiser heißt der, glaub ich. Und er schmachtet
nach Jane. – Dazu habe ich einen Geschmack nach
beschissen schmeckender ... Medizin? ... am Gaumen.
Ja, das muss ein Krankenhauszimmer sein. Schon
wieder? Mir gegenüber prangt ein Spiegel an der
Wand. Zeigt auf, dass ich im Bett liege. Und zeigt mir
auch, warum sich meine Augen nicht öffnen wollten,
wie das Kaninchen vor der Schlange, das die Augen

nicht öffnet in der Hoffnung, dass es dann nicht gefressen werden kann, weil es ja dann niemand sieht: Ich habe eine Zwangsjacke an, eine weiße, eine unschuldige, eine mich trotzdem bedrückende.

Ich kann nichts machen. Sie umgibt mich.
Ich will sie zerbeißen. Sie ergibt sich.
Nicht! Entwürdigend! Diffamierend!
Die sind was an mir probierend!
Immer weiter. Immer mehr.
Es kommt absolut niemand her.
Oder doch?

Ein Bekittelter lässt sich blicken. Just in dem Moment hat Caesar – Quatsch, Kaiser – genug geschmachtet, wird dafür abgelöst von Costa Cordalis dem Dschungelschreck, der sich jetzt als Alkoholiker entpuppt und sieben Fässer Wein aussaufen will. – Oder ist das auch Kaiser? – Der Bekittelte aber setzt sich zu mir: „Guten Tag! Ich bin Frederic Schwofer und der für sie hier zuständige psychiatrische Arzt."

„Warum bin ich hier?", unterbreche ich ihn. Und beschaue mir dabei mein Gegenüber, der dem Kaiser hinter mir irgendwie die Volumität raubt: Ein länglicher, ovaler Kopf, auf dem kaum Haare sind – aber so was ist ja jetzt Mode! –, mit braunen Glubschaugen linst er mir entgegen; zudem sind ihm ein paar wulstige Ohren angeheftet, die eine dünne Außenleiste haben, welche dann an den kleinen – Gut, dass der keine Frau ist. (Oder doch? Trotzdem?) Denn: Würde da überhaupt ein Ohrring dran passen? – Ohrläppchen stark eingeknickt sind. Dazu noch eine kleine Ohrbucht; sie zeigt auf, dass er ein ausgesprochener Kulturbanause ist; soll heißen: ein Fachidiot, ein betriebsblinder „Experte", einer, der über den Tellerrand nicht hinausschauen kann, für den außerhalb seiner Psychiatrie nur böhmische Dörfer liegen. Und die Innenleiste: Er macht wohl unbewusst Werbung für Imi, denn was mir da entgegenprangt, sieht so verwaschen aus, dass man meint, sie wird stündlich durch eine schmatzende Waschmaschine gezogen. Wobei es aber keinesfalls so ist, dass seine Ohren den Anspruch von Sauberkeit genießen! Es herrscht da wohl ein Überangebot an Ohrenschmalz vor. Der leckere Anblick wird noch abgerundet von der sich verdrückenden wollenden Stirn, der in der Mitte aufleuchtenden leicht gebogenen Flachnase, den zu einem ausgeprägten Strich geformten Lippen und dem lediglich angedeuteten Kinn, das aber aufzeigt, dass es doch anwesend ist durch einen Spalt. Doch – jetzt fällt es mir auf! –, er hat ja doch Haare: An den buschigen, fein säuberlich geteilten Augenbrauen sind bestimmt welche. Sieht zumindest danach aus. Und was seine Augen angeht, seine Augenfarbe: Blau sind sie, sie leuchten richtig auf vor lauter Bläue. Sie sind so blau wie der Enzian! Nur –

dieser Enzian ist schon am Vergammeln; die Planier-
raupen sind schon dabei, seinen Berg abzureißen.
Was aber seine Statur betrifft – der erste Buchstabe
im Alphabet lässt beim Anblick seines Rückens grüßen, und auch ansonsten scheint Sport für ihn ein
Fremdwort zu sein. Dafür scheint er dem Aussehen
nach ausgeprägtes Sitzfleisch zu haben, was aber er-
klärlich ist bei den nach außen gebogenen Beinen,
denn er hat bestimmt Probleme dabei, sie bei einem
Schritt zu schließen. Auch scheint er Fan von Karos
zu sein, denn zum Einen ist das Hemd kariert, und an
der Hose ... ja, da kann man dieses Muster auch be-
wundern. Na gut, glauben wir mal, er wollte seiner
Kleidung einen Gleichklang geben, einen uniformen
Anstrich. Nur das gelbe Tuch um den Hals passt
nicht so recht ins Bild. Doch sind wir uns mal einig:
Es passt zueinander, wie die Faust auf's Auge!

„Sie sind hier, weil Sie Ihre Frau ermorden wollten. Und stecken in der Zwangsjacke, weil sie gegenüber den Ihre Frau retten wollenden Polizeibeamten
handgreiflich geworden sind. Ebenso wie gegenüber
den hiesigen Sanitätern."

„Oh, tut mir traurig! Ich bin sehr reuig!" Wirklich!
Ich hab nämlich keine Lust, noch lange in der
Zwangsjacke stecken zu bleiben.

„Sie könnten da auch wieder raus", bestätigt er
mir meine Hoffnung. „Wenn Sie sich wieder beruhigt
haben, ich keine Angst vor Ihnen mehr haben muss."

Erwartungsvoll schaue ich ihn an.

Er rückt mir näher – Wahrscheinlich hat er Magenprobleme; denn seine Ausdünstungen ähneln denen, die ein an einer Strippe in einem fauligem Keller hängender verschimmelter Knoblauchzopf ausstrahlt, auch sein Schweißdeo ist bestimmt unter der Kategorie „Abartigste Gerüche" patentiert worden. Aber ich kann nicht wegrücken, die Flucht ergreifen, zudem will ich aus der Zwangsjacke raus, ich muss mich also vergasen lassen.

Nachdem er mich befreit hat, setzt er sich ganz jovial auf's Bett.

Ich will soeben von ihm abrücken, aus seinem Dunstkreis verschwinden. Doch plötzlich ... unvermittelt ... gänzlich unerwartet ...

ein Schrei

In meinen Ohren.
Er lässt mich erstarren.
In der Bewegung verharren.

Ein weiblicher Schrei

Er lässt mich frösteln. Die Nackenhaare stülpen sich um, sodass sie an der Nasenspitze kitzeln. Meine
Frau schreit
Ich muss schwitzen.
Entbehre aber dem Gefühl der Hitze.

„Warum wollten Sie denn Ihre Frau ermorden? Was hat Sie Ihnen denn getan? Gab es keine bessere Lösung?"

Der Schrei ebbt ab und kommt wieder, verfliegt und kommt wieder, verstummt und kommt wieder, und zieht die Gründe hinter sich her, warum ich sie loswerden wollte. Ich beschließe, es hintergründig zu erzählen, mich ins Reich der Tiere zu flüchten. Mir ist natürlich klar, dass ich sehr viel Zeit dazu benötigen werde. Wovon ich aber hier bestimmt genug haben dürfte. Schätze ich. Ja. Stockend beginne ich:

„Ein kleiner Skorpion krabbelt immerzu auf dem Sand der Wüste herum in einer kleinen Gruppe einsam auf seinen monotonen Bahnen. Manchmal krabbelt er vor, dann wieder ein Stück zurück. Und morgens kehrt er dann in sein Erdloch zurück, wo er den Tag verschläft. Doch das ist ein Muss! Er muss ja z.B. auch mal jagen, um Nahrung aufzunehmen, und sie auch wieder ausscheiden, er muss vor den ihn bedrohenden Jägern fliehen, die größer sind als er und ihn fressen wollen. Aber er bleibt doch immer auf einer Ebene, wechselt nie die Sphären, geht nie auf Erkundungstrip, was er woanders erleben könnte. Und so verrinnt sein Leben in trister Langeweile, die er jedoch nicht wahrnimmt, weil er ja nichts anderes kennt.

Da braust ein Sturm auf. Alle versuchen, sich zu verstecken, dem Instinkt gemäß auch er. Doch hinter seinem Stein, in seinem Hohlraum, den er ganz schnell gegraben hat, fängt sein Unterbewusstsein an, sich bemerkbar zu machen: `Warum versteckst du dich eigentlich? Dir ist zwar gelehrt worden, der Sturm ist schädlich für dein Leben, aber diese Erfahrung entstand vor Millionen von Jahren! Sie muss nicht mehr stimmen! Aber du wirst das nie erfahren, wenn du dich vor dem Sturm immer versteckst!' Und in ihm macht sich die Erkenntnis breit, dass dies etwas sein könnte, was sein Leben vielleicht aus der bisherigen Lethargie reißt.

Er krabbelt aus seinem Versteck heraus. Die anderen wollen ihn zwar zurückhalten – er lässt sich aber nicht beirren: Zum ersten Mal in seinem Leben will er bewusst etwas ganz Bestimmtes, und da darf ihn niemand aufhalten.

Eine Wellendüne, vom Sturm geschaffen, erfasst ihn. Er will weiter seine angestrebte Richtung ankrabbeln – wohin die führen soll, weiß er noch nicht so genau –, doch diese Wellendüne macht mit ihm, was sie will. Und es kommen noch mehr Wellendünen hinzu, kämpfen darum, welche ihr lustigstes Spiel mit ihm treiben kann. Dabei speien sie ihn auf eine Lichtung in einem Korridor, der aussieht, als wenn sie ihm Spalier stünden, ihm für sein Ausbrechen aus der Normalität Ehre erweisen wollen.

Doch trotzdem bekommt es der Skorpion mit der Angst zu tun, fühlt, wie sie in ihm aufsteigt wie die Luftbläschen in einem mit Kohlensäure gefüllten Behälter. Er muss ohnmächtig zuschauen, wie er durch den Sand gekreiselt wird, ohne dass er was dagegen tun kann.

Naht das Ende?

Was hat er in seinem Leben schon erlebt? Nichts! Und jetzt ... Sollte dies wirklich schon das Ende sein?

Er hockt auf einer Lichtung. Lebt. Und auch, wenn er hin- und hergepeitscht wird, er genießt sein Leben in vollen Zügen. Zum ersten Mal! Er beschaut sich das drohende Antlitz des Sturmes: Dunkelschwarze, tiefhängende Wolken rasen über das Firmament, Wind braust über die Region, woraus er ein Lied zu hören glaubt:

'Skorpi pion,
getan wurde dir an Schrecken enorm!
Aber wenn du haben Angst vor mir,
dein Herz zerstören werde ich dir!
Aber Skorpi pion,
ich begrüße auch dich winzigen Gnom!
Wenn du nicht verzagen,
lässt dich von meinen Wogen tragen!'

Wie um das, was der Wind da heult, zu bestätigen, steigt ein meterhoher Brecher nach dem anderen auf, so dass der Skorpion meint, Pegasus würde voller Zorn gleich den Wogen entfleuchen und alle Steine hier zusammentreten, um sie dann zerstäubt aufzufressen. Die Brecher haben solche Wucht an sich, dass er die Augen zukneifen muss. Wenn er in der Langeweile herumkrabbelt, umspielt der Sand ihn in eintönigem Kontakt. Aber hier? Als wenn die Gischt seine Augen eliminieren wöllte; denn sie ist scharf, viel schärfer als die Zähne der Hyäne. Aber er benötigt doch seine Augen, irgendwie muss er doch die ganze Schönheit, die sich hier ihm bietet, erfassen können!

Er hat keine Angst mehr. Lässt sich einfach voranpeitschen. Manchmal erfasst ihn ein Strudel. Der Strudel saugt ihn an, dreht ihn ein, so dass sein Chitinskelett anfängt, die Alarmglocken zu läuten, und speit ihn dann wieder aus; er fühlt sich danach wie gerädert. Doch sobald er wieder die Außenwelt erblickt, ist er erneut von ihrer Schönheit tief beeindruckt. Und er erkennt, dass das, was hier auf ihn einwirkt, der Krieg zwischen den Extremen ist: Über ihm ächzt der Wind aus allen Fugen des Universums, und unter ihm wehrt sich der Sand mit allen ihm zur Verfügung stehenden Kräften – brodelnd und schwappend wie ein in Vibration gebrachtes Trampolin.

Ja, dafür hat es sich gelohnt, sein Leben zu wagen. Dieses Schauspiel dürfte nie zu Ende gehen. Denn wenn es so sein sollte, ist die ihm jetzt bewusst werdende Tristheit seines normalen Daseins wieder anwesend. Aber er will nicht zurück! Er will hier verbleiben, alle möglichen Konsequenzen ertragen! Selbst, wenn er dafür sterben müsste! Denn das hier ist Freiheit! Hier ist er nicht einer von aber- und abertausenden, hier ist er er selbst! Hier kann er alle Gefühle, die in ihm stecken, austoben; und niemand wird mit erhobenem Stachel dastehen und sagen: 'Tue das nicht, tue jenes nicht!' Hier kann er sich selbst verwirklichen!

Er lässt sich auf den Wogen des Sturmes dahintreiben, hofft, dass, wenn dieser sich ausgelebt hat, ein neuer ihn erfasst."

Dr. Schwofer nickt ganz bedächtig und zustimmend. „Sie wollten also frei sein, lediglich frei sein. Mussten Sie dazu Ihre Frau umbringen wollen?"

Jetzt kommen langsam Emotionen in ihm auf, denn seiner Stimme wird lauter, ein erst klitzekleiner dann immer größer werdender Vorwurf lässt sich daraus entnehmen. Oder – macht er das immer so? „Hätten Sie sich nicht einfach trennen können? Gewalt ist doch das Letzte, und zudem haben Sie eine sehr schöne Frau ..."

Da muss ich ihm sogar recht geben: Lange, lockige dunkelbraune Haare, es umspielt ihre anmutig abgerundeten Gesichtszüge bis zu den von roten Schneeglöckchen gekrönten vollen runden Brüsten; ihre graublauen Augen, die mich oft schmachtend anschauten, leuchten an der ebenförmigen Nase vorbei und blicken zufrieden – manchmal um die Ecke – auf die sinnlichen Lippen, welche sie oft zu einem Kussmund formte, wodurch man alsdann vor Erregung erzitterte; und ihre Figur: Sinnlich, zärtlichkeitserheischend abgerundet, jede Wölbung an der richtigen Stelle; man musste sie einfach lieben, man konnte gar nicht anders.

„... Also, sie hätte doch ganz bestimmt eine Trennung nicht so schwer genommen. Es lag also kein Grund zu einem Mordversuch ihrerseits vor. Flüchten Sie sich immer in so eine Haltung, wenn Sie nicht mehr ein noch aus wissen, trotzdem aber eine Lösung her muss? Oder wollten Sie ihr Macht angedeihen lassen, ihr demonstrieren, dass Sie trotz Ihrer körperlichen Behinderung doch stärker sind als sie?"

Ho, wenn der wüsste! Denn so schön, wie sie äußerlich ist, so hässlich ist sie von innen her. Immer bis zur Weißglut provozieren und dann, wenn man schon am Wipfel der Palme ist, noch einen draufsetzen; den jeweiligen ausnehmen wie Weihnachtsgans Auguste, und wenn er dann soweit ist, ihn fallen lassen und die Beine breit machen für den nächsten

Mammon. Aber ein Blick auf Dr. Schwofer sagt mir, dass meine Klage bei ihm wohl kaum auf fruchtbaren Boden fällt. Ich knurre deswegen lediglich zwischen meinen Zahnlücken hervor, dass sie eine „Oberabfallschlampe" sei und kündige an, die Fabel weiterzuerzählen:

„Der kleine Skorpion krabbelt wieder auf dem Sand der Wüste herum, diesmal aber allein. Er läuft dahin, läuft dorthin, nirgends findet er jedoch einen neuen Wüstensturm. Obwohl er einen finden muss! Denn er kann nicht mehr leben in dieser Einöde, wie sich sein bisheriges Leben beschreiben lässt. Und der Himmel über ihm – azurblau. Wo er auch hinkrabbelt, es bleibt azurblau. Schließlich krabbelt er an die Gestade eines Flusses. Und drüben hinter dem Fluss ist der Himmel nicht mehr so rein azurblau, stehen Wolken am Firmament, die einen baldigen Wetterwechsel versprechen. Doch der Fluss vor ihm – der Skorpion schaut sehnsüchtig ans andere Ufer, seine Augen füllen sich nach und nach mit Tränen; und es dauert nicht allzu lange, da fällt die erste Träne von ihm zu Boden. Und es werden mehr. Immer mehr. Steigern sich zum Wasserfall. Zum sprudelnden Wasserfall. Der Skorpion hat angefangen zu weinen, lautstark zu weinen, aus voller Kehle zu weinen, wie ein menschliches Baby, das hofft, damit sein Willchen durchzusetzen.

Plötzlich reibt etwas ganz zaghaft an seinem Vorderkörper zwischen den Pedipalpen ...

Der Skorpion schaut kurz nach hinten, sieht dort einen Frosch stehen, der ausschaut, als wöllte er um etwas bitten. Doch er schüttelt unwirsch dessen Hand ab. Dreht sich dann wieder um und setzt sein Greinen um einige Dezibel verstärkt fort.

Doch der Frosch berührt erneut seine Vorderkörper, nun aber stärker. Der Skorpion aber will mit dem Frosch nichts zu tun haben, weswegen er die Hand erneut abschüttelt, Und verschwinden will.

Der Frosch aber lässt sich nicht beirren. Ihm ist klar, dass der Skorpion ihn töten könnte, doch Gefahr scheint hier nicht im Verzug zu sein, deswegen denkt er jetzt auch keinen Augenblick daran. Er fühlt sich nur animiert, dem Skorpion zu helfen, wenn es auch nur wäre, dass er ihn tröstet; denn der Skorpion weint, jetzt, hier, bitterlich, folglich muss man ihm helfen, jetzt, hier, unerschütterlich.

„Was ist denn los, mein Armer, kann ich Dir irgendwie helfen?"

Der Skorpion bleibt nun doch stehen, dreht sich um, vergisst für einen Augenblick sogar das Weinen. Stattdessen schaut er den Frosch an, forschend, sich fragend, ob der mit seinen traurigen Augen, der vorgeschobenen Unterlefze und der olivgrünen schleimigen Haut ihm tatsächlich helfen könnte. Doch da ihm nichts einfällt, schluchzt er weiter, erzählt dem

Frosch aber trotzdem währenddem von dem Sturm und verweist auf die Wolken am Himmel auf der anderen Flussseite. „Und dort muss ich hin! Will ich hin! Kann aber nicht hin! Wegen dem Fluss. Der davor liegt und mir damit den Weg zur Freiheit versperrt!"

Dem Frosch – der einsieht, dass dies ein sehr bedeutendes Problem ist – kommt plötzlich eine Idee, die entscheidende helfende Idee: „Wir machen das so, mein Armer: Du steigst auf meinen Rücken, als wenn Du auf ein Boot steigen würdest, und ich bringe Dich rüber."

Schlagartig hört der Skorpion auf zu greinen. Schaut den Frosch an, strahlend, mit immer größer werdenden Augen, sich begeistert in ihn verliebend, und steigt auf den ihm dargebotenen Rücken..

Der Frosch aber ächzt nun um die Ecke, steigt in das Wasser und fängt an zu paddeln.

Er paddelt und paddelt, mit langgezogenen Bewegungen, wie es seine Art ist, spürt nun die Last kaum; seit er sich im Wasser befindet, freut sich vielmehr darüber, dem Skorpion zu helfen.

Doch plötzlich verspürt er einen Stich.

Der augenblicklich seine Bewegungen absterben lässt. Ihm eiskalte Hitzewallungen beschert. Ihm das Atmen schwer macht. Der Stich.

Der Frosch fühlt, dass er gleich untergehen wird. Doch noch kann er den Skorpion abwerfen: „Warum hast Du das getan? Und das in der Mitte des Flusses. Ich wollte Dir doch nur helfen!"

Der krampfhaft an der Oberfläche des Wassers herumpaddelnde Skorpion schaut den Frosch immer noch verliebt an: „Schade eigentlich. Aber ich bin halt ein Skorpion!"

Seine letzten Worte. Das Wasser schließt sich über ihm. Sein verliebter Blick erstirbt, seine Atemzüge verstummen, seine krampfhaften Bewegungen erstarren, mit ausgebreiteten Armen, aufgerissenen Augen und weit geöffnetem Mund sinkt er in den dunklen Abgrund.

Plötzlich macht es „Klack". Und er spürt, wie er wieder Luft bekommt, das eingeströmte Wasser irgendwo seinen Mund wieder verlässt, der Schimmer vor seinen Augen verschwindet. „Ätsch, ich bin eine Amphibie", merkt er sofort und schreit es hinaus. Zwar hört ihn niemand, aber der Skorpion ist bereit für das nächste Abenteuer.

Dort vorn sind zwei Stangen, die hinab in die Tiefe führen. Er hofft, dass sie ihn in das El Dorado der Stürme führen, schwimmt deswegen hin, erreicht sie mit ausgestreckten Armen und rutscht an ihnen herunter.

Doch er rutscht nicht allein: Vor ihm thront eine Skorpionin, wieder mit übereinander gekreuzten Pedipalpen wie auf einem fliegendem, jetzt aber in der

Luft stehenden Teppich; nur eben dieser Teppich fehlt. Und sie schreit. Nichts verschluckt diesen Schrei. Sie schreit.

Die mit dunkelbläulichem Schimmer versehenen Pedipalpen, die überaus schmalen Vordersegmente, bei denen die angefügten Extremitäten unecht groß aussehen und noch schmächtiger wirken auf den stark erweiterten Hintersegmenten des Opisthosomas, das rechte Laufbein des vierten Paares, das etwas verkümmert ist, der Knick kurz unter der Spitze des Giftstachels ... die kennst du doch: „Dich gibt es auch noch?" Seine Frau, von lang lang her ... ewig nicht gesehen ... sich im Streit von ihr getrennt ...

Das Ende der Stangen.
Ich bin da. Der Schrei er ist vergangen.
Die Frau sie ist jetzt verschwunden.
Und doch: ich fühle mich ihr verbunden.
Aber: Ich kann nicht zu ihr zurück.
Denn mal ehrlich: Sie ist ein gar mistiges Stück.
Schreit jetzt, will mich verantwortlich machen
Doch darüber ... ja genau darüber kann ich nur lachen
Denn wen will sie? Nicht mich!
Und deswegen ist sie seit langem fürchterlich.

Er lässt seine medialen Augenpaare umherkreisen. Will sie umherkreisen lassen. Doch ... zuerst muss er die Ausstülpungen der Buchlungen rümpfen. Nach Salpeter riecht es, dem ein schimmliger Modergeruch anhängt; der Klang eines rhythmischen Schlagzeuges erfüllt die Luft, begleitet und verstärkt durch einen Chorus, der geschaffen wird von einer geordneten Aufstellung Menschen, die im Gleichschritt vor dem imaginären diensthabenden Kapitänleutnant schwadroniert.

Der Skorpion schaltet auf die Punktaugenpaare um, deren Blicke hängen bleiben an dem dunklen von ockerbraunen Spinnweben verhangenen Raum, der rauchig beseelt und mit orangenen Girlanden geschmückt ist; die Aufstellung Menschen wandert weiter und starrt auf einen Oktopus, der in die Mitte geworfen scheint, dort versucht, sich der Aufstellung laufend in den Weg zu stellen, und seine mit marineblauen Saugnäpfen besetzten Tentakel schwingt und diese dabei wie ein freier Bussard ausbreitet, womit er weite raumausfüllende Schwingen mimt.

Der Skorpion aber ... alles ist verschwunden aus seinem Blickfeld ... er starrt auf ein menschliches weibliches Wesen, das kurze brünett lockige Haare hat, ein hübsches Antlitz vor sich herträgt, deren Brüste sich um den Raum an ihrem Brustkorb streiten, ... Sie bleibt jetzt stehen, reckt ihren rot glühendem Stab, der Anfang nimmt zwischen ihren Beinen, lang ausgestreckt in die Höhe und fordert ihn damit auf, zu ihr zu kommen. Hinter ihr ... der Oktopus ist wieder aufgetaucht – dieser macht keine Bewegungen mehr, hat seine Abschlussstellung gefunden, indem er eine Geste macht, die aussieht, als wöllte er seine Brust aufreißen. Währenddessen marschiert die Aufstellung Menschen um ihn herum. Der Skorpion schreitet in die Richtung. Doch wie ein Hindernis steht das weibliche Wesen dazwischen. Ihr rot glühender Stab, der immer noch aufgerichtet ist, ihn wieder beeindruckt, seine Gonaden auch zum Vibrieren bringt. Er schreitet voran. Trotzdem. Deswegen. Seine Frau taucht wieder vor ihm auf, belegt seine medialen Augenpaare mit ihrer Erscheinung, bis zum letzten Winkel, bedrohlich. Und schreit. Dieser Schrei ... nichts verschluckt ihn. Doch er schreitet weiter. Ungeachtet dessen. Und erreicht das andere weibliche Wesen.

Doch kurz vor ihr überfallen ihn die Erinnerungen an den letzten Streit mit seiner Frau. Na ja, eigentlich hatten sie sich seit der Hochzeit jeden Tag und das fast ständig gestritten, das Leben mit ihr machte schon keinen richtigen Spaß mehr; wenn man sich jeden Morgen von einer ängstlichen Gänsehaut überzogen fragen muss, was einem an diesem Tag erwarten wird, dann ... Doch dieser Streit war besonders heftig und signifikant: Sie saßen am Tisch, bzw. darunter. Und führten einen verbalen Blitzkrieg gegeneinander, der aber von langer Dauer sein konnte, weil es nicht das erste Mal darum ging und noch nie eine Lösung zu erkennen war: "Guck dich mal um!", keifte sie ihn an. "Überall liegen deine Klamotten herum! Seit wir zusammen sind!"

"Sieh das doch nicht so verbissen", wehrte er lapidar ab.

Damit hatte er aber nur noch mehr Öl in den Schwelbrand befördert: "Ich soll das nicht so verbissen sehen??! Ja, weißt du überhaupt, was hier abläuft? Ich räume in der einen Ecke deine Sachen weg, um feststellen zu müssen, dass in der nächsten schon wieder ein neuer Batzen liegt. Der oftmals noch größer ist als der vorhergehende!"

"Ich habe eben viele; und da die nicht alle in den Schrank passen, bleibt mir gar nichts anderes übrig."

"Du hast doch schon ein übelstes orkanisches Knacken im Gebälk! Denn es ist viel Platz im Kleiderschrank, aber ..."

"Ja, weil ich meine Sachen nicht in den Schrank räume. Ansonsten ..."

"Na was 'ansonsten', na was? Dann würde es hier ordentlicher aussehen, nicht? Aber dann müsstest du was machen. Ach herrjemine!"

"Ja ja, jetzt spielst du wieder die Niedergebeugte, wa? Geht's aber ums Geldausgeben für irgendwelchen Krimskrams, dann bist du wieder die stolze Herrin im Hause!"

Während er sich in Wut steigerte, flossen bei ihr die ersten Tränen; Tränen der Niedergeschlagenheit, der Enttäuschung ob der Sisyphusarbeit. Doch ein kleines bisschen waren sie auch aus Berechnung, gestand sie sich ein, denn sie wusste, dass er Frauen nicht weinen sehen kann und hatte es sich deshalb angewöhnt, auf Befehl zu heulen. Was diesmal aber nicht der alleinige Aspekt war.

"Krimskrams! Kleider, Schmuck, Schminke – das ist doch kein Krimskrams. Du willst doch selber, dass ich mich schön anzieh, mich schminke und schmücke, attraktiv aussehe! Aber nein, ja nichts dafür bezahlen. Leg dir doch 'ne kostenlose Nutte zu!"

Auf einmal umspielte ein süffisantes Grinsen seine Lippen: "Darum hab ich doch geheiratet."

Nun wurde sie von einem noch größeren Weinkrampf befallen. Der nicht abebben wollte und sie Stück für Stück auflöste.

Was soll das? Ich bin nur seine Nutte, mehr nicht? Ich wollte geliebt werden und nicht als Benutzungsobjekt abgegolten sein. Ich lebe für ihn, liebe ihn, will alles tun für ihn, doch wenn er so weiter macht, dass er aus tiefestem Herzen so egoistisch ist, so rücksichtslos, so brutal zu mir, seine Ellbogen auch hier zu Hause draußen lässt, kann ich bald nicht mehr, ist die Schmerzgrenze erreicht!

Sich keinerlei Gedanken darüber machend vermeinte er, jetzt noch eine Kohle nachschieben zu müssen: "Und was is'n mit deinem Kaffeeklatsch am Freitag? Und Deinem fast täglichen abendlichen Verschwinden, um bei irgend so einem Kuckucksheinz die Beine breit zu machen?"

"Ja und was ist mit deinem Biermontag, -donnerstag und -sonnabend, he, was is'n damit??", schniefte sie zwischen dem Schluchzen hervor, die letzte Frage wohlweislich ignorierend, da sie sich damit auf's Glatteis begeben würde und ihn das außerdem nichts angeht.

Und so ging das weiter: Ein Wort folgte weiterhin dem anderen, eine Provokation folgte weiterhin der vorhergehenden, schließlich kam auch noch ein bisschen Schubserei dazu, und dann gingen sie wiedermal auseinander in der Gewissheit einen weiteren Nagel an den Sarg mit der Aufschrift „Beziehung zwischen Jeanette Vollmer und Mike Scholz" reingeschlagen zu haben.

Inzwischen wedelt ein Adler mit seinen ausgebreiteten Flügeln bereit zum Abflug links von dem weiblichen Wesen und der Oktopus ist verschwunden; er hat Platz gemacht einem Schwarm weißer Tauben, die laut gurrend sich auf dem Boden aalen und dabei nur ab und an aufflattern.

Währenddessen wird der Adler von zwei bekittelten Männern in Augenschein genommen und analysiert, sie diskutieren angeregt miteinander, in welche Schublade er wohl passt: „Also ich habe ihn gerade vermessen", fuchtelt der eine mit seinem Lineal durch die Luft. „Und der ..."

„Na mehr als 3,25 Meter beträgt seine Spannweite wohl kaum', schätzt der andere.

‚Falsch! Falsch!" Frohlockung. „Es sind genau ..."

Währenddessen holt der andere seinen Taschenrechner aus der Tasche.

„... 3,68 Meter. Dann schiebt er eine Fläche von ... Wie war gleich die Flächenformel?"

Und so flüchten sie sich weiter in irgendwelches Fachchinesisch, wobei aber absolut nichts herauskommt. Dafür will der Skorpion nun zum Adler, sich an ihn anschmiegen und sich ganz in ihm auflösen, als ob der Skorpion ein Geist wäre und gerade in Aladins Zauberflasche verschwände.

„Hast du eine Waage?", will nun siegessicher der eine Mann vom anderen wissen.

„Wozu brauchst du denn eine Waage?" Seine Stirn ist schon von purpurnen Äderchen überzogen, weißlicher Dampf raucht aus seinen Nüstern, lässt vermuten, dass sein innerer Kessel auf 480 Grad steht. „Ist doch völlig irrelevant. Der hier ist doch interessant." Er reckt wieder seinen Rechner in die Höhe. „Man nehme ..."

Der Skorpion bewegt sich auf den Adler zu. Schaltet dabei die Männer aus seiner Wahrnehmung aus. "Blubb." Daraufhin sind sie wirklich verschwunden.

Ja, die Entscheidung fiel ihm nicht leicht, denn natürlich ist er ein Mann und keineswegs aus Stein, und seine Spermatophoren wollen verschickt sein;

und die da vorne – mmmh, die schlägt die Beine übereinander, sodass darin ein schwarzer in der Tiefe unendlicher Fleck entblößt wird, hat die Lippen leicht geöffnet, während ihre Zunge diese langsam umrundet; sie zieht die Augenbrauen hoch, reckt die rechte Hand in die Höhe, deutet dabei mit dem Zeigefinger an, dass er zu ihr kommen solle. *Jaaa, die sieht doch echt geil aus. Noa?* Und auch, wenn dort drüben das Sinnbild der Freiheit steht, sie trinkt ein Glas Rotwein; anschließend leuchten einladend ihre röter-als-roten Lippen feucht zu ihm herüber; und er kann sich nicht dafür begeistern, gefressen zu werden. Denn das ist nun mal ein Adler! Und in seinen Gonaden wird es enger und enger, in ihnen vibriert es schon, es wird dort feucht, in ihm steigt ein Keuch-Muss auf. „Ich wöllte doch mal! Ich wöllte doch mal!" Sein Unterbewusstsein hat gesprochen.

Doch er geht trotzdem zum Adler, denn 'Freiheit' bedeutet auch, das zu tun, was einem gerade so vorschwebt. Und als er bei dem Adler angekommen ist, umhüllt der ihn beruhigend und doch belebend mit seinen Schwingen wie eine Mutter ihr bedrohtes Junges. Dafür fällt das weibliche Wesen in sich zusammen wie eine soeben gesprengte Steinmauer zu einem Häufchen Asche, stiebt anschließend vor sich hin wie eine Sanddüne im Wüstenwind. Und legt den Blick frei auf etwas, das bisher gar nicht zu sehen war: Ein großer Haufen Knochen, mit eins, zwei,

drei ... sinnlos, die zu zählen ... menschlichen Toten-
schädeln, wobei an einigen noch Fleisch dranhängt,
andere schon kurz davor sind, endgültig zu verfallen.

Der Adler. Seinen Schwingen wiegen ihn augenblicklich in irgendeinem Rhythmus. Automatisch will
der Skorpion Schritte machen, doch seine Beine werden blockiert! Er bewegt sich trotzdem, zieht die Beine hoch und lässt sich vom Adler schaukeln. Auf und
nieder, auf und nieder, ein bisschen nach rechts und
links, dann wieder auf und nieder. Ein wohliger Duft
umspielt dabei seine Buchlungen, ein Duft, kombi-
niert aus Vanille und ... – *Ist das Lavendel? Ist das
Moschus? Nein, riecht wie Orange. Oder? Der blinde
Offizier aus „Der Duft der Frauen" hätte das sofort
rausgekriegt.*

Plötzlich wird dieser Einklang von einem wilden Urwaldbrüllen gestört. Und der Adler, er ist enorm erschreckt, lässt ihn fallen, fallen ins Bodenlose, fallen ins
Ungewisse. Der Skorpion fährt die Beine wieder aus wie
ein Flugzeug seine Landeklappen beim Landeanflug,
tritt aber ins Leere. Ein Schrei will sich seiner Kehle
entringen, bleibt jedoch am Strotteransatz stecken, weil
sich dort eine Staublase gebildet hat, die ihn festhält, als
hätte sie unzerreißbare Ketten um ihn geschlungen. Um
ihn herum sind schlingernde Wände. Ein Trommeln erfüllt den Raum, ein monotones, ein undurchdringbares,
Seine Pedipalpen scheinen mittlerweile auf etwas
Feuchtem auszurutschen. Ein Gestank nach fauligem

Fleisch verpestet die Luft. Ein Sog reißt immer stärker werdend an ihm. Doch die Wände ... sie kommen immer mehr auf ihn zu. Immer weiter. Es wird eng. Schmal. Bedrückend.

„Flatsch!" Er landet an einer Membran. Unfähig noch, sich zu bewegen, doch er atmet. Stoßweise. Keuchend. Aufgeregt. Er atmet.

„Plopp!" Die Membran sie hat mich ausgespien. Und ... sie ist verschwunden. Und ... ich bin wieder ein Mensch. Dafür ... um mich herum ist es weiß. Und links von mir ist ... – Wie hieß der gleich? Achso, stimmt ja! – Dr. Schwofer. Und dort vorn ein Spiegel, aus dem mich Mike Scholz angrinst mit zu Berge stehenden Haaren und kalkweißem Gesicht und blutleerer Nasenspitze. Ja, ich befinde mich wieder in irgendeinem Bett von irgendeiner Klapper von irgendeinem Krankenhaus.

Immer noch. Es riecht penetrant nach Desinfektionsmittel. Immer noch. Doktor Schwofer sitzt auf meinem Bett. Immer noch. Sein Mundgeruch ähnelt dem an einer Strippe in einem fauligem Keller hängenden verschimmelten Knoblauchzopf, und dieser hat jetzt Junge bekommen. Immer noch. Kaiser. Roland. Musik. Oder sollte man Bierzeltpop dazu sagen? Er betreibt wiedermal seine Lieblingsbeschäftigung: „Dich zu lieben" tropft es jetzt aus der Wand. Immer noch? Wiedermal.

Dr. Schwofer ist inzwischen bedenklich nahegerückt. Sein Mundgeruch hat scheinbar schon einen festen Zustand erreicht; denn er will mich noch mehr beiseite schieben, hält mich aber dennoch fest, meine Nase will schon die durch ihr Bein geformte Böschung hinaufrennen. Ich sehe schon überdeutlich die Plomben an Dr. Schwofers gelblichen schwarz umrandeten Zähnen.

„Herr Scholz", bläst er mich nun an, „Ihnen kann ich es ja erzählen. Denn Ihnen glaubt ja sowieso keiner, vielmehr würde man Ihnen per Tuch den Mund verschließen, die Zwangsjacke hier wäre wieder Ihr all–sekündlicher Begleiter."

„So so!" Ich weiß nicht genau, ob ich ihm nun lauschen möchte, oder mir der Bierzeltpop, den er hinter mir wieder leiser gedreht hat, nicht doch lieber ist.

Kurz schaut er noch mal zur Tür, beginnt dann aber, mich als Seelenmülleimer zu benutzen: „Sie wollten Ihre Frau umbringen, ich habe meine Frau umgebracht."

„Schluck!" Ich ziehe ungläubig die Augenbrauen hoch.

„Ich hatte eine andere kennengelernt. Und meine Frau – die wusste natürlich nichts davon. Hätte auch niemals in ihr Bild und in das ihrer buckligen Verwandtschaft gepasst, wenn rausgekommen wäre, dass man sie im Bett zu nix gebrauchen konnte, sie immer Kopfschmerzen hatte. Nein, sollte sie ihr pla-

tonisches Dasein doch alleine fristen. Allerdings –
mich von ihr scheiden lassen – das ging auch nicht.
Denn wie hätte ich denn da vor meinen Kollegen aus-
gesehen und vor der hinter ihren Fensterscheiben
stehenden Nachbarschaft?: `Erst macht er seine Frau
zum Krüppel, dann verlässt er sie.` Nein, nein! Das
war unmöglich! Völlig unmöglich. Außerdem: Sie
hatte das Geld, soviel Geld; ohne sie hätte ich nicht
meine Praxis aufbauen können, ohne sie müsste ich
meinen Lebensstandard beschneiden.   Nein, nein!
Das war unmöglich! Völlig unmöglich."

„Schluck!" So langsam muss ich mich fragen, ob
er nicht besser hier liegen sollte.

„Meine Frau musste also weg, und das ging nicht
auf normale Weise. Sie müssen doch zugeben, mit so
was kann man nicht zusammenleben."

„Sie war ein Krüppel? Durch ihr Zutun? Wieso'n
das? Inwiefern?" Sie war behindert? Passt gar nicht
zu ihm. Aber dadurch ist doch schon festgelegt, auf
welcher Seite ich stehe.

Geht er darauf ein? Fängt es an, ihm zu dämmern,
was für eine Schuld er auf sich geladen hat? Nein!
Nein! Nein! Seine Erinnerungen schweben jetzt in einem imaginären Heiligenschein um seinen Kopf und
machen ihn zu Herrn Allmacht, der über das Wohl
und Weh seiner Umgebung entscheiden darf.

„Sie musste weg", muss er sich selbst immer wieder einreden, denn von mir kann er keine Zustim-

mung erwarten, „damit sie nicht noch dahinter steigt und mich enterbt." Seine Augen fangen an zu glänzen, während sie irgendetwas in der Ferne betrachten; ein verklärtes Lächeln lässt den Strich in seinem Gesicht dicker erscheinen; seine Brust hebt sich, zeigt auf, er ist mit der Welt und sich selbst zufrieden.

Nach einer langen Weile fährt er fort, langsam, gedehnt, weiterhin verklärt in die Ferne schauend: „Ja, ich hab sie gedemütigt, provoziert, ihr aufgezeigt, dass sie nur noch ein Häufchen Dreck ist. Sie wollte dagegenhalten, verbal, aber gegen mich hatte sie ja eh keine Chance. Und dabei habe ich sie immer weiter in Richtung Treppe gelockt." – Fehlte nur noch, dass er aufspringt, wie ein Zirkel tanzt, im Kreis rennt, sich dabei eine gekrümmte Hand über den Kopf hält und ruft: „Ach wie gut, dass niemand weiß, dass ich Rumpelstilzchen heiß." – „Erst unbewusst, dann aber ..., na ja. Und als wir davor standen, habe ich sie mit Sätzen wie „Deine Möse ist doch völlig zugenäht!" oder „Du bist doch keine Frau mehr!" so zur Weißglut gebracht, dass sie – die ja soeben abdrehen wollte – mit hochrotem Kopf und vor Erregung zitternder Unterlippe ihren Rollstuhl plötzlich herumriss ... Sie wollte ihn herumreißen, nur der Rollstuhl war schon zu nahe der Treppe. Er kippte die oberste Stufe hinunter, sie konnte sich nur noch am Geländer festhalten und angsterfüllt nach Hilfe schreien."

„Sie haben ihr aber nicht geholfen, sie einfach fallen lassen?"

„Nee nee, das nicht. Aber jetzt lassen Sie mich doch weitererzählen."

„Schluck!"

„Also es war ein Bild für die Götter, es war unvermeidlich, ich musste mich einfach daran ergötzen wie sie da hing mit Schweißperlen auf der Stirn, weit aufgerissenen Augen, in höchsten Tönen vor Todesangst schreiend und zitternden Armen. Sie hatte nur eine Tiefe unter sich, die erst im Keller enden würde auf dem mit Fliesen ausgelegten Boden. Ich stellte mich also vor ihr auf, war schon dabei, ihr meine Hand zu reichen. Doch plötzlich beseelte mich die Einsicht, dass das eine einmalige Gelegenheit ist, sie loszuwerden, endlich frei zu werden, dass das eine wunderschöne Lösung für alle Probleme wäre: Ich könnte das Geld behalten, die Praxis behalten, mich meiner Geliebten widmen und wäre den blödsinnigen Ballast los."

Ich schaue ihn erschreckt und zugleich hasserfüllt an, will noch weiter von ihm abrücken, kann aber nicht, weil da das Bettrand-Ende ist und ich dort abstürzen würde. Auch kommt seine schmierige Hand mir immer näher. Meine Augen werden größer und größer, ich weiß noch nicht, ob ich Abwehraktionen starten soll, durch die seine Hand gebrochen werden würde. Seine Finger umschließen haltend meine linke

Schulter. „Schluck!", ist vorläufig meine einzige Reaktion darauf.

„Sie wollte eiligst nach meiner Hand schnappen, doch sie griff daneben. Just in diesem Moment hatte ich ihre Richtung verändert. Ich schubste gegen ihre Schulter – na ja, es dauerte mir ein bisschen zu lange; und inzwischen hätte ja auch ein Störenfried kommen können (ihre Mutter oder so), der mir dann vielleicht die ganze Tour vermasselt hätte."

„Schluck!"

„Aber eigentlich – fällt mir grad so ein – habe ich ihr doch einen Dienst erwiesen! Denn ich hab sie doch nur erlöst!"

Vom Leben?

„Denn dadurch, dass ich sie ein bisschen geschubst habe, braucht sie ihr leidiges Dasein als Krüppel – als frigider Krüppel – nun nicht mehr fristen; ich habe ihre Anstrengung, sich an dem Treppengeländer festhalten zu müssen, verkürzt; sie wollte doch mal runter in den Keller, ich habe ihr das ermöglicht. Bin ich nicht ein Mildtäter?"

Ist der so blöd oder tut der nur so? Denn seine Frau hat sich wohl kaum gewünscht, so jäh sich in den vermaledeiten Keller hinabzubewegen. Aber ich glaube, das nennt man wohl Zynismus oder so. Aber Du wirst noch Deine gerechte Strafe bekommen. Howgh, jetzt habe ich gesprochen.

„Und wie das aussah, als sie fiel. Herr Scholz, haben Sie so-äh-etwas schon mal gesehen?" Und ohne meine Antwort abzuwarten, fährt er fort, jetzt mit leuchtenden Augen, rosigen Wangen und scheinbar erstarrten Speichel vor dem Mund. „Nachdem sie sich nach unten bewegt und ich mich überzeugt hatte, dass sie wirklich tot war, ging ich zum Telefon, rief den Notarzt an, und erzählte ihm weinerlich, dass meine Frau im Haus über das Geländer gestürzt sei, ich dagegen aber nichts hatte machen können, weil ich nicht in ihrer Nähe war. Und er solle schnell kommen, denn vielleicht lebe sie noch, ein Verlust meiner Frau würde mich in tiefeste Trauer stürzen und weiteres blabla. Und es dauerte auch nicht lange, da kam jemand. Sie nahmen sie mit, stellten eine Obduktion an; mit dem Resultat, dass der Sturz eine Unfallfolge war, kein Fremdverschulden vorlag."

„Also das perfekte Verbrechen."

„Ähm, ja, hm, könnte man fast so nennen. Nur das Wort „Verbrechen" ist etwas garstig. Wir waren doch schon äh bei Mildtat." Und rückt noch weiter auf mich zu, so dass sein Kopf schon fast über meinem schwebt.

Er wollte sich aussprechen, sich anderen mitteilen, bei mir sein Gewissen erleichtern. Ja, schon wieder benutzt er andere, diesmal mich als seinen seelischen Mülleimer. Scheint sein Job zu sein! Und jetzt: Er schnäuzt sich ins Tuch, das um seinen Hals hängt, und sagt mit Engelsgesicht „Entschuldigung!"

Plötzlich ein Schrei. Wiederum. Ein plötzlicher Schrei. Eine Blase öffnet sich. In ihm ... in dem meine Frau sitzt. Und ... schreit. Erbärmlich. Grässlich! Fürchterlich. Sie schreit. Sie schreit. Sie schreit.

Und noch mal plötzlich bemerke ich, wie mir etwas zwischen den Beinen herum streicht. Just in dem Moment bricht der Schrei abrupt ab. Die Blase schließt sich mit lautem Knall. Ich werde auf den Boden der Tatsachen gerissen. Ich schüttle den Kopf. Irgendetwas – irgendjemand umgreift die Spitze meines Penis und drückt ihn etwas.

Dr. Frederic Schwofer.

„Lassen Sie das bitte!"

„Ach, hab Dich nicht so! Du willst das doch auch! Das hab ich doch vorhin an Deinem Blick gesehen."

Soll ich das ohnmächtig über mich ergehen lassen wie die Ministranten, die den Priestern ihren Popo hergeben mussten, um Absolution zu bekommen für die sie sehr beschämende Sünde, ihrem Klassenkamerad in der Schule ein Pausenbrot gestiebitzt zu haben?

Ich wehre mich, schenke ihm einen Strauß Veilchen.

Schaue ich so lüstern? Sollte ich nach Hilfe schreien? Wem glaubt man mehr: dem Arzt oder dem krüppeligen, aggressiven Patienten? Hat der nicht auch schon seine Frau umgebracht, als sie sich ihm verweigerte? Trägt er eine Waffe?

Ich achte auf seine rechte Hand, greife sie, drehe sie um, schlage gegen seinen Ellebogen. „Raaatz– Knack!" Sein Unterarm dreht sich weiter von ihm weg, als sein Oberkörper folgen kann. Dann boxe ich ihm zwischen die Beine, öffne blitzschnell die Hand, um etwas zu schnipsen, ziehe seinen Kopf herunter und lasse ihn mit dem Mund auf den Titan meiner linken Knieohrthese krachen.

Drei Sanitäter kommen herein. Sehen mich blutbefleckt. Und Dr. Schwofer, Blut blubbert aus ihm heraus, dunkles Blut, noch dunklere Flecken flimmern darin, während es aus seinem Mund quillt, aus seinem Arm, dem rechten, dessen Ellenbogen unnatürlich in die andere Richtung zeigt, aus seinem Schädeldach, dessen Ausfluss bald sein Gesicht erreicht haben dürfte. Und stürzen sofort auf mich zu, greifen unterwegs nach der Zwangsjacke, um dann auf mir zu landen. Die Luft fast weg. Beengung im Brustkorb. Arme eingeklemmt. Alles eingeklemmt. Sterne vor den Augen. Röcheln. Die Zwangsjacke.

Die Zeit ... sie ist vergangen. Sekunden, Minuten, Stunden? Die Luft ..., die Brust ..., mein Körper ... ich ... ich kann wieder atmen, meinen Körper bewegen – halbwegs –, die Last sie ist von meiner Brust genommen. Links von mir jammert Dr. Schwofer, der auf einer Trage aufgebahrt ist, während eine mit Stupsnase versehene und mit bis zum Po reichenden glatten schwarzen Haaren Krankenschwester ihm das

Blut und den Schweiß von der Stirn mit einem grünen Tuch wischt. Dann schaffen sie ihn raus und lassen mich wieder allein. Allein mit dem penetranten Desinfektionsgeruch, allein mit dem Geschmalze von Roland Kaiser, dem inzwischen die „Jane" nicht mehr so wichtig zu sein scheint, der aber nach „Sieben Fässer Wein" immer noch schmalzen kann und jetzt versucht, „Joanna" zu becircen. Und auch allein mit dem Spiegel, der einen depressiv ausschauenden Mike zeigt, der wieder in einer Zwangsjacke hängt und wohl weiß, dass diesmal kein Dr. Schwofer vorbeikommen wird und ihn aus der misslichen Lage befreit. Er dreht den Kopf weg und verwünscht ...

Betrachte nicht müßig den Steinhaufen, sondern
frage Dich, wen Du damit bewerfen kannst. (persi-
sches Sprichwort)

Lecker

Ein Zettel. Er steigt auf. Überflattert dabei das andere Ende der Straße. Wo die Sonne draufgeplatscht ist wie die Spiegeleier auf Dalis Bildern. Wo es aus den Müllbergen schimmert wie das Licht unter Graf Flatschibullahs Stubentür.

Der Zettel schüttelt seine Fransen mitleidig.

Während noch faustgroße Hagelkörner auf die nach Fischgestank miefende Straße springen und jetzt wie erbrochenes Ejakulat in deren verbogenen Rinnen liegen. Gelblich getränkter Nebel steigt auf und schweift unter das zersplitterte Fenster von dem einzigen Haus, das von den Russen bei deren Angriff stehen gelassen wurde und woraus die Ansage quillt: „Nicht immer! Aber immer öfter!" Er sorgt für eine Verdickung der Schwaden, auf deren triefender Schimmelmaske ein noch mit Preisschild versehener Toaster reitet. Der immer wieder jammert: „Man will mich nicht mehr! Oooooh! Man denkt nämlich, ich bin Ausschuss!" Ihm folgt ein computergesteuerter Drucker, der weggeworfen wurde. Und aus den Stäben der Gullys dringt das rap–geschwängerte Gegrunze von Bushido: „Halt die Fresse, fick die Presse, Kay du Bastard, bist jetzt vogelfrei, du wirst in Berlin in deinen Arsch gefickt wie Wowereit. Yeah , fick die Polizei, LKA ..." Giftgrüne Gesichter dümpeln neben der Straße, ihren vollen Inhalt ausspeiende Kartons lümmeln sich an den Bürgersteigen, ausgekotzte Senfgurken bilden gefüllte Pfützen aussehend wie konkave Schlaglöcher Cordon Bleu. Über den Himmel schwirrt eine Luftspiegelung, die zeigt, wie schwarze Menschen aus einem mit vielen ungewollten Speigatts versehenen Boot kippen werden, während die tosende See sie umschwappt und am Horizont bereits Land in Sicht ist mit dem Schild darauf „Lampedusa". Im Wind ist der Singsang zu hören: „Ach wie gut, dass niemand weiß, dass ich von Edathys Lieblingsporno weiß."

Der Zettel flattert weiter.

Auf der anderen Seite lungert eine Gruppe abgehärmter Gestalten um einen brodelnden Kessel herum, über den sie ihre zitternden Hände halten und mit angsterfülltem Gesicht auf den sie erschreckenden Berg starren. Aus ihren mageren Hälsen schwappt ein Gebet: „Oh Herr, erleuchte uns arme Wesen. Auf dass der Müllberg nicht weiter anschwillt. Damit nicht unser schönes Berlin von Müll bedeckt wird! Damit nicht unsere Landschaften von Müll überdeckt werden! Damit keine Kriege entstehen geboren aus dem Kokon der langbeinigen Spinne, die ihr geleeartiges, politisches Gebräu auf die Völker speit."

Der Zettel möchte seine Falten entknittern. Doch dazu muss er erst landen.

Unweit von ihm stolziert eine Grazie, die sich zu dieser erbärmlichen Gruppe hinzugesellen möchte. In dem Augenblick tritt sie jedoch in einen von Fliegen umwölkten Hundehaufen und landet mit der Nase voran in einer feuchten dick aufgeblähten Pampers. Mit verzerrtem Gesicht streckt sie ihre besudelten Finger vor die Augen und kann gerade noch den Schriftzug „Heil mein Führer und Vaterland" erkennen, bevor er in der braunroten klebrigen Masse verschwindet. Dann steht sie auf, sieht dabei nicht die Plastikbeutel, die jetzt aus dem Himmel kommen. Einer davon stülpt sich über ihren Kopf und raubt ihr die Luft, während noch ein Beutel Melitta vor ihren erlöschenden Augen herumscharwenzelt und sich neben ihr eine Seite der „Bild der Frau" öffnet, auf der die Kronprinzessin Mette-Marit vor Obdachlosen ihren Schleier lüftet. Dann hört die Grazie auf zu zucken, während sich über sie wie ein Leichentuch der Gremlins eine zerrissene „Motor-Sport" ausbreitet, in der Michael Schuhmacher vor einem blitzenden Ferrari steht, als sein Kopf noch nicht fernab von den festgelegten Ski-Pisten gegen einen Felsen geknallt war.

Der Zettel hält die Zeit für gekommen, davon zu flattern. Doch noch kann er nicht. Er hat einen nassen Unterboden wie die ein bisschen sehr verschrobene Prinzessin Gloria von Thurn und Taxis, nachdem sie ihren Arsch rutschig machen wollte und ihn deshalb mit Pisse aus ihrem Nachttopf beträufelte. Der Zettel aber kommt sich nun vor wie Jürgen von der Lippe auf seinem Bettvorleger.

Inzwischen hat sich der Kreis in der Oase an den Händen gefasst und tanzt beschwörend um den Sudkessel herum. Dabei fallen alle gegen den nächsten und beugen sich anschließend wieder zurück, damit sich ihre ekstatisch zuckenden Münder nicht vereinen und ein wildes Schlabbern erklingen lassen: „Sei gelobt, unser Herr und Gebieter, und nimm unsere schlotternden Seelen! Mache jeden Müllberg wieder so klein, dass er in irgendeine Streichholzschachtel hineinpasst! Und lass Tamara Danz auf dem Mont Klamott reiten, nachdem der Müllberg über ihrem Eis weggenommen wurde."

Die Plastikbeutel stürzen sich nun auf die Gruppe, woraufhin jeder von denen um sein Leben fürchtet und sich in irgendeiner Öffnung des Nächsten verkriechen möchte. Schließlich reißt man sich gegenseitig voneinander los – nicht ohne den Sudkessel umgestoßen zu haben, aus dem sich jetzt eine schilfgrüne, mit ockerfarbenen Schlieren durchzogene Flüssigkeit ergießt und die Straße entlangrinnt wie der jauchende Fluss des Lebens auf einem Bauern-hof. Sie rennen in ein chinesisches Restaurant, das am Rande der Straße soeben erwachsen ist und auf dem mit Leuchtschrift draufsteht: „Titty Twister im chinesischen Berlin". Doch sie öffnen die Schwingtü-ren und stürzen hinein wie in den Schlund eines gro-ßen Tiefseemonsters. Und wie die Artillerie aus des-sen Zwölffingerdarm laufen Ober an ihnen vorbei, um den Inhalt ihrer vollgefüllten Schüsseln auf die Straße zu schütten.

Während die Tür wiederum geöffnet ist, kann man hören, wie eine Explosion der nächsten folgt, wie ein „Rutsch! Krach! Bumm!" auf das Nächste folgt, wie eine abschüssige Detonation dem Knallen einer amerikanischen Uhr folgt, während gerade je-mand das „unvergleichliche" Weiß des Waschmittels "Weißer Riese" im Radio anpreist. Dann schmeißen die Ober die Türen wieder zu, kommen aufgerichtet mit kurz vor dem Würgereiz stehenden lächelndem Gesicht herein und rennen zu dem zweiten auf der linken Seite stehenden Tisch, um die inzwischen er-kaltete Mahlzeit wiedermal in ihre Schüsseln zu be-fördern.

Doch bevor die Ober an den Schutz-gesucht-Ha-benden ein weiteres Mal vorbeigestürzt sind, haben jene beschlossen, dieser Welt hier drin zu entfliehen.

Der Zettel hat inzwischen einen Teppich im Müll-berg ausgemacht, allein dessen Fransen noch ohne

Schlatz sind und auf denen eine rostige, mit sieht aus wie gärende-Erdbeermarmelade-in-den-Öffnungen verkleisterte Lampe steht. Plötzlich: Der Teppich löst sich aus dem Müllberg. „Quiiiieeetsch! Rahack! Buhumm! Buhumm! Klirrijumm!" Schwärzliche gezackte Blasen auf den Schwellungen.

Vor der Tür hat sich eine Horde Ratten über die Essensreste her gemacht, während in der Ferne zu sehen ist, wie Menschen mit schwarzen Gesichtern in der Gosse liegend ihr Leben auszittern, eine Frau mit eitrigen Blasen am Hals in einen Wasserbrunnen stürzt, ein Mann mit tropfenden gräulich umrandeten Zähnen sich mit der Sense einen eitrigen, beulenhaften Arm abschneidet. Während über allem ein Pfarrer schwebt, der die Hände gen Himmel gerichtet hat und schluchzend aufbrüllt: „Oh Herr, warum hast du uns das angetan??" Auf der Straße Tintenstrahl-Drucker mit der Plakette „kaputt", aus denen geborstene Tintenschwämme ragen.

Der Zettel sieht seine Zeit für gekommen, neben der Plastikbeutellache abzuheben wie damals Ikarus auf seinem Weg zur Sonne und sich auf dem Teppich zu platzieren. Neben Innereien. Strähnigen. Aus dem Fleischwolf?

An der Straßenmündung, wo die Spiegeleier sich inzwischen aufgerichtet haben und mit lautem „Platsch" den sich weitergeblätterten Seiten der „Bild der Frau" applaudieren – und dabei der SUPER-

ILLU auch ihren Besuch abstatteten –, wo die grünlich befleckten Unterhöschen von der Prinzessin Gloria von Thurn und Taxis in der Luft flattern, wo das Licht unter Graf Flatschibullahs Stubentür verschwunden ist und auf dem erbrochenen Ejakulat bräunlich bepelzte Müllmänner mit dicken Halftern an der rechten Seite einen Spitzentanz hinlegen, sitzt in der Mitte ein glatzköpfiges Männchen von der NSA mit Spirallöckchen an der Hand vor einem Riesen-Desktop, wo Leute bekleidet mit schwarz-rot-goldenen Trench-Coats ein Telefon in der Hand halten, während ihr Wortschwall darunter aufgezeichnet wird. Weiter vorn auf einer Nebelbank stelzt sich eine bläulich-gelbe Pfütze auf und ploppt in einen gigantischen, blau-weiß-roten Staubsauger, während ein rot-gelbes Schleifchen an ihm haftet und darauf wartet, diese Öffnung abzubinden.

Der Gruppe ist klar: Nur sie – Philippe, Marie, Antoine, Claudé, Anna und Louis – können diese Welt hier retten, nur in ihren Fingern liegt es, sie allein haben die Macht dazu!

Sie bilden wieder einen Kreis, legen eine Hand in den Nacken des nächsten – als ob sie seinen Kopf stützen möchten – und schreien lauthals ihr Gebet in den Äther, damit es auch überall auf der Welt erhört wird: „Oh Du gottgleiche Gewalt im Himmel, auf Erden und auf den Straßen! Errette uns von den unlauteren Gebilden, die uns umgeben! Führe Deine darbende Gefolgschaft an Deinen Busen! Und säuge sie mit Erleuchtung! Öffne Dein Leckermäulchen, um jeden Unrat einzusaugen! Belege das mit vernichtendem Fluch, was nicht verschwinden will! Und verdunste alles, was dazu dienen soll, andere zu zerstören! Streue Harmonie über den Erdkreis und lass es fruchtbare Blätter regnen! Wir glauben am Dich und hoffen Deiner! Lass es uns für immer spüren!"

Indessen biegt sich in Syrien plötzlich der Gewehrlauf des hinter einer Hecke postierten Feindes von Ali Af-Shaheids nach oben und ein plötzlicher Windstoß bläst die Wolke Giftgas in der Nähe von Damaskus auseinander.

In Bagdad springen die Kontakte der nächsten Attentatsbombe auf, stoßen immer wieder aneinander wie die Tanzenden bei einer Hüft-Bums-Musik in einem Ball-Saal.

Bei Lampedusa kommen plötzlich Einzelteile aus der Luft geschwebt wie eine Plage der Heuschrecken. Hier wird aber nicht alles kahl gefressen, sondern augenblicklich werden die Löcher in den Booten abgedichtet, während der Sturm darüber in einer orangenen Tüte verschwindet, die von einer güldenen Schlaufe getoppt wird.

In Afghanistan rennen die gestern noch mordshungrigen Taliban in die nächste Moschee, wo der Hassprediger – als ob er in einem Bomber säße und plötzlich durch den Schleudersitz hinweg katapultiert wird – wie der Unterboden einer Windhose in einer Spirale als kornhaltige Wolke entfleucht und an seine Stelle ein Imam tritt, der den Frieden und die Toleranz vertretenden Koran anpreist. Eben diese Taliban hören einträchtig – mit Tränen in den Augen – dem Wort von der Gestattung aller Lebensansichten zu und werfen ihre Waffen in die Ecke; wonach eine rockige Friedenslieder summende Stahlpresse angerattert kommt, um ihnen bei der Zerstörung ihrer Waffen behilflich zu sein.

Über das Meer spannt sich ein flauschiger, tiefgrüner Ponton nach Guantanamo, der gegabelt verläuft. Auf dem einen Zinken laufen Unschuldige wie der Halbtürke Murat Kurnaz, der nur zur falschen Zeit am falschen Ort war und auch noch – der Böse aber auch! – das Falsche machte, so dass selbst Frank-Walter Steinmeier seine unendliche Güte unter das Kopfkissen schob und den Halbtürken in Deutschland nicht aufnahm.

Auf dem 2. Zinken laufen die wahrscheinlich-alle-töten-Müssenden schnurstracks in ein Gericht an der Ostküste der USA, wo ein fairer Gerichtsprozess auf sie wartet.

Von den Wänden des Ponton verkünden Schilder in einem übermächtigen grünlich-metallischem Strahlen: „Menschenrechte für alle".

Die Wachen von Guantanamo eilen beseelt von einem plötzlichen Zärtlichkeitsgefühl nach Hause, wo sie mit ihren eigentlich Menschen-quälenden-Händen ihrer Frau den Rücken massieren und ihrem Kind über den Kopf streichen. Danach kraulen sie ihre Katze noch unterm Kinn und bringen diese zum Schnurren.

Die kurz vor dem Hungertode stehenden kindlichen Einwohner eines Dorfes in Somalia stöckeln Herden von Schweinen hinterher, die plötzlich in den Straßen aufgetaucht sind, als hätte sie Philipp der Barmherzige hereingeschickt und gleich seine Königskrone mit hinterhergeworfen.

Soldaten in China werfen auch ihre Waffen weg, öffnen den Arretierten wie Hu Jia und Fu Xiancai die Gittertüren ihrer Zellen; auch der wegen eben dieser Soldaten in einem ärmlichen Krankenhaus eigentlich liegende Liu Xiaobo steht mit offenem Mund auf der sonnenüberfluteten Straße; während nichts mehr zu sehen davon ist, dass man ihn vor kurzem zum Krüppel geschlagen hat. Er reißt die Augen weit auf – als hätte er als erster die Schokolade gesehen, anschließend hineingebissen und bemerkt, dass diese eine befreiende Süße an sich hat – und es flimmert über seinen Visus, dass nach ihm die als unwürdiges Leben-Bezeichneten – deshalb zum menschlichen Ersatzteillager Degradierten – auch auf die Straße quellen.

In New York erschallt plötzlich ein lauter, berstender Knall. Sandiger Nebel zieht durch die Straßen. Der mit grauen Schwären besetzte Himmel hat sich ein Stück nach unten gesenkt und eine sanfte Brise mitgebracht, die die Köpfe der hier-was-zu-Sagenden-habenden erreicht und ihnen das Bedürfnis, Weltpolizist-zu-spielen und sich überall ungefragt einmischen zu müssen, wegpustet. So dass sie sich jetzt freier fühlen, bar der selbst eingeredeten Verantwortung für andere Völker, gelöst davon, immer mit den eisernen Zähnen aufeinander herumknirschen zu müssen.

Die Passanten lassen sich auf die Erde fallen, weil es ihnen dünkt, der 11.9. ist wiedergekommen. Doch: Betonblöcke, riesige Metallträger, Stromkabel, zum Sirren bereite Telefone kratzen über die Straßen an ihnen vorbei. Zum Ground Zero, wo sie sich sammeln, verdichten und als Zwillingstürme des World-Trade-Center wieder auferstehen. Augenblicklich können die Passanten wieder die Telefone klingeln hören und ein Blick auf die Fenster zeigt ihnen, dass dahinter eine starke Bewegung im Gange ist. Die Flugzeuge – welche auf den oberen Teil der Zwillingstürme zufliegen – verwandeln sich in lächelnde Flug-Schnecken. Eine Wolke aus ihnen und noch eine und noch eine, wie der Rauch aus dem Schornstein eines im 19. Jahrhundert qualmenden Kohlekraftwerkes ... ein Spei-Sturm, eine tektonische Verschiebung der Luftmassen, eine gefiedelte Flut von Dollarscheinen, durch die sofort alles Leid auf der Erde in faulige Sumpflöcher katapultiert wird und der Hunger in vielen Völkern sich in der Wüste wiederfindet, in der gerade ein schlürfender Sandsturm herrscht, durch den der Treibsand sich aufrichtet.

Den Robben bei Neufundland bietet sich ein Überangebot an Fisch dar, so dass sich schon die Eisbären an der linken Hinterseite ihres Felles kratzen, weil sie nicht wissen, wo sie zuerst zubeißen sollen, und deswegen nach rechts springen, wo sich wieder Eisschollen gebildet haben und sie jetzt dort reichlich Hascher spielen können.

Der Zettel flattert wieder hinab auf den Müllberg wie eine Feder im Wind. Im starken Wind. Im peitschenden Wind. Mit den Ecken voran. Mit den Spitzen voran. Wie ein Rammbock! Er will ihn ... Er setzt sich auf den Müllberg.

Der Müllberg schwindet.

*Viele Deutsche sind wie kleine Köter: Ist jemand
verletzt, kläffen sie ihn erschreckt und hilflos an.*

Hilfe!!

Sample I

Da gibt es eine Werbung von irgend so einem Möbelmarkt; die wird laufend und auf jedem TV-Sender
Deutschlands ausgestrahlt. In ihr verirrt sich irgend
so ein Knollo in der Markthalle und wird nach 4 Jahren wieder – ohne Muscheln in den ihm inzwischen
angewachsenen langen, zotteligen Haaren – aufge-
funden. Dann aber wird er nicht etwa geherzt und
liebkost und als Möbelheld gefeiert, ach nee, man
kriegt da das Bild einer Frau vorgesetzt – Ist das
überhaupt eine Frau? Sieht aus wie der blondgefärbte
Sänger eines Schmalz-Pop-Duos, als er noch weiblich
war. – und kein Wort davon, dass er so lange verschwunden war und dass sein Kind im Kindergarten
immer verprügelt wird, weil es ja einen so doofen Vater und eine so geldgeile Mutter hat, nächste Woche
aber in die Schule kommt. „Das Leben musste ja weitergehen!" Sie erregte sich sogleich an eichfarbenen
Schränken – denn wie ein Schrank sah ihr Männchen
nun wirklich nicht aus –, rieb ihre Muschi an einem
metallischem Stuhlbein – so steif war nämlich der

Schwanz ihres Männchens nie –, senkte ihre Brüste auf einen glänzend weiß lackierten Küchentisch – ihr Männchen rannte doch immer nur in grauen Trainingshosen rum und lag in einem eierfarbenem, mit ockernen Flecken versehenen Unterhemd auf ihr drauf; und hatte noch nie was vom Mann auf dem weißen Pferd gehört. Sie stopfte sich auch die nussbraunen Waschbecken-Pfropfen in die Schlüpfer, in der Hoffnung, dass diese intensiver wirken als irgendein Vibrator. Ihren Mann hatte sie ja völlig vergessen, ihn aus ihrem Gedächtnis ausgemerzt, ihn aus ihrem Herzen verbannt. Tja, „Das Leben musste ja weitergehen!" Sehr praktisch, die Frau! Allerdings: Wer hört ihr zu, wenn mal eine Tür ihrer neuen Möbel klemmt? Wer bringt ihr das Geld nach Hause, damit sie endlich mal eine Rundung kriegt und nicht dem Chef des Möbelmarktes einen blasen muss, damit sie wieder an neue Möbel kommt? Wer beschützt sie vor dem bösen, schwarzen Mann, der immer durch den Möbelmarkt streicht und sie dort sofort aufreißen würde, so dass sie dann nackt umherirrt wie ein gekochter Krebs mit einem Schild vor den Brustdellen mit der Aufschrift: „Berühren verboten! Eltern haften für ihre Kinder!"?

Tja, bestimmt wurde da ein deutscher Mensch mit einer von der Beulenpest befallenen Ratte gekreuzt. Oder mit dem schniefendem Albrecht, der das grausame Gegenteil des zotteligen Alfs ist.

Oder Hagen von Tronje hat Gaea gebumst und ihr dabei den goldenen Schuss verpasst, so dass viele Abkömmlinge von ihm jetzt über den deutschen Boden krauchen; und da sie sich dann in vulgärerem Inzest sudeln, ist ja klar, was dann rauskommt.

Oder sie sind alle vom „Friedhof der Kuscheltiere" gewandelt gekommen und stürzen sich nun auf die anderen – die Flüchtlinge – wie Jack the Ripper auf die Londoner Nutten.

Aber wahrscheinlich war der Erfinder dieser Werbung vorher ein Mitglied der Hausmeister-Firma von mir und auf jeden Fall ist er typisch deutsch. Bei der nächsten Werbung, die er erfindet, wird ein am Boden liegender Krüppel ... ja, Werbung für ein Wisch-Mittel, bei dem es dann heißt: „Wisch weg und weg ist es!"; wie verdorrter Abfall, den man nicht mehr braucht. Und zudem ist es auch angelehnt an die frühere Werbung: „Nimm Ata! Ata schrubbt alles weg!"

„Blubb!"

Schlusswort

Wer weniger hinter den Augenbrauen hat, lebt bequemer und komfortabler.

Und:
Dummheit fickt besser!

Ist ja eine Frage der Freiheit. Denn auch der, der am Boden liegt, hat ja die Freiheit, seine Schmerzen zu genießen und dem, der helfen könnte, mit flackerndem Augenlicht nachzuschauen. Und anschließend zu – eh, das ist dann aber keine Freiheit mehr, denn das muss er ja – verrecken! Aber dann ist er wirklich frei! Dann kann er Gott demütig um Vergebung bitten, wie ein katholischer Priester wegen den missbrauchten Ministranten, mit Petrus ums Wetter feilschen – damit der Sommer nicht wieder so unerträglich heiß wird wie der Letzte –, mit dem Teufel Mau–Mau spielen – damit er Hitler, Honecker, Stalin & Konsorten endlich mal im ewigen Feuer aufgespießt brutzeln lässt und die dort fleißig umdreht –, mit den vestalischen Nymphen Ringelreihe tanzen, während er ihnen unter das Gewand fingert. Ja, echt jetzt, dann ist er wirklich frei!

„Man kann nicht allen helfen. Deshalb wäre es ungerecht, einem Einzigen zu helfen; und ermüdend wäre es obendrein." (Clara Zetkin)

Sample II

Ich bin Rolf. Ich arbeite hart, stehe täglich am Fließband, um Autoteile herzustellen, damit diese woanders in ein fast schon komplettes Fahrzeug eingesetzt werden und irgendwelche Leute in den Urlaub fahren können. Aber mein Chef will ... ich stehe schon acht Stunden an diesem Fließband; der aber will, dass ich noch länger dort stehe und das ohne höheren Lohn. „Vergegenwärtigen Sie sich doch einmal meine Situation! Außerdem birgt das doch gewisse Vorteile für Sie in sich: Sie dürfen hier weiter arbeiten, Sie dürfen weiter Geld verdienen für sich und Ihre Familie; und sicherlich werden Sie sich da auch bald solch ein Auto leisten können. Mensch Rolf, vielleicht ist das dann sogar ein von Ihnen Gebautes, das wäre doch dann geil! Gelle, Rolf?" Als wenn ich sein Kumpel wäre, hat er mir dabei auf die Schulter geklopft. „Und bestimmt fällt da auch noch der eine oder andere Happen ab für den nächsten

Urlaub. Wäre es nicht geil, Rolf, sich in Malle die Sonne aufn Bauch scheinen zu lassen, während man hinter seiner Sonnenbrille die vollen Titten der benachbarten Señorita *betrachtet? Die man vielleicht auch mal berühren darf, wenn die eigene Regierung nicht dabei ist? Gelle Rolf, supi, noa?" Dabei platschten solche neonfarbenen Kügelchen auf seiner Stirn auf, so dass es aussah, als wenn ein dickes Kind mit den Gummistiefeln voran in eine tiefe dreckige Pfütze springt, aus deren verdrehter Oberfläche nun schlammige Brecher emporsteigen und auf das Regencape des Kindes spritzen. Auf der Stirn des Chefs prägten sie das Wort „jovial", während sich das -v- verbog, um mir einen Strauß aus Alpenveilchen herüberzureichen. Doch kurz darauf verschwand der väterliche Ausdruck auf seinen Wangen und machte einem breiten Grinsen Platz, das dem von Mao Tse Dung ähnelte, als dieser einem seine Weltanschauung bezweifelnden Professor den Kopf abschlug. Seine Augen wurden zu schmalen, lauernden Schlitzen wie bei einem hungrigen Tiger, der zwischen Steppengras hindurchlugt und eine unschuldig äsende Gazelle entdeckt hat: „Rolf, wenn Sie nicht mehr hier arbeiten wollen, na ja, dann findet sich mit Gewissheit ein anderer. Da dürfen Sie sich sicher sein! In den letzten sechs Jahren – seit Sie hier sind – da haben sich schon viele für Ihren Job beworben. Sehr viele! Ich aber – weil ich Ihnen so wohl gesonnen bin*

– habe alle abgeblockt, habe Ihnen Ihren Job erhalten. Und das wollen Sie doch jetzt nicht aufs Spiel setzen! Gelle?"

Ich nickte gedankenverloren; denn mir war klar, dass ich hier sowieso nicht mehr lange arbeiten werde, dass hier etwas wartet wie der Zähne–fletschende Reißwolf, in dessen Bauch ich endgültig verschwinde; oder wie in der Meerenge von Messina, wo ich tödliche Bekanntschaft mit Skylla schließe. Denn ab dem Alter von 35 Jahren gehört man auf dem hiesigen Arbeitsmarkt zum alten Eisen wie ein indisches Waschweib, dem laufend die Wäsche aus den zittrigen Händen in den versifften Ganges rutscht. Und dann ist man rausgeekelt, disqualifiziert, verrottet, so dass man einer an Schleimfluss erkrankten Rotbuche Konkurrenz machen könnte.

Und jetzt – oder besser: Und nun? Jetzt ist Rolf draußen, an der frischen Luft, auf dem Heimweg. Läuft allerdings wie ein Herero, den die deutschen Kolonialisten Anfang des 20. Jahrhunderts in Südwest-Afrika in die Wüste Kalahari getrieben hatten. Und weiß genau: „Ich krieg doch keinen Job mehr. Denn ich bin schon über 35, zähle also schon zum alten Eisen. Scheiße!" Das redet Rolf sich immer wieder ein, achtet deswegen nicht auf den stetig steigenden Druck in seiner Brust, der nach oben schwappt wie der Wasserpegel in einem großen Kochtopf, welcher konisch zusammenläuft und so nach oben hin immer dünner wird (als wenn eine noch dicke Kuh auf einer Tränke liegt, dabei ihre Euter herunterhängen, an deren Zitzen soeben geborene Kälber gierig saugen). Und so bemerkt er auch nur ganz nebenbei, dass rechts am Straßenrand eine Säule mit der Aufschrift „Hilfe bei Herzinfarkt" und einem Eingriffsstutzen steht.

Doch der Kochtopf läuft über; in seiner Brust wird es eng, seine Lunge braucht mehr Platz zum Atmen, sein Herz hämmert niedergeschlagen gegen die es scheinbar vereinnahmen wollende Lunge und gerät ins Überlegen, ob es gleich den bolivianischen Rebellen einen Guerilla-Krieg gegen die Übermacht führen sollte; seine Zunge fühlt sich pelzig beschlagen an, während trockener Schleim von seinem Gaumen tropft wie in einer mexikanischen Tropfsteinhöhle. Seine Arme werden lahm, wahrscheinlich hat sich ein alles um sich herum verätzender Felsbrocken in seine Schultern einquartiert, der zudem noch alle überlebenden Teile blockiert.

Rolf stürzt hin, will noch seine Hände schützend unter das Gesicht schieben. Doch die gehorchen ihm nicht mehr, so dass augenblicklich das Blut hervorspritzt, als wenn dieses von den scharfkantigen Hinterläufen eines gebrandmarkt werden sollenden Pferdes getroffen wurde. Seine Knie reißen auf, so dass sie aussehen wie die eines Penners, der sich auf Brautschau begeben hat. Seine Schultern kugeln aus und klappen ab, wie die Täler des Himalaja vor 40 – 50 Millionen Jahren. Sein Brustkorb fühlt sich an, als wenn ein Raupenfahrzeug eine eiserne Tonne unter sich begräbt. Und nach einer Weile hat dieses kettige Vehikel das Hindernis überwunden und ...

"Flatsch!" Rasselt jetzt bar aller Widerstände ... hinab ... wälzen... abheben ... drehen ... um die eigene Achse, vertikal, horizontal, spiral – „Ich ... kotz..." Wohin? In die Luft? Auf den Boden? „Ääääääääääh! Äääabkracho!" Blut. Aus mir heraus. An mir. Über mir! Bei mir? Die Ko... Drehe ich mich hinein? Landet es auf mir? Wer steht da hinten? Geflüster, Gelabber, Gevatter Brot – nein, Knoche, nein, Tod? Wo ist seine Sense? Die Scharte, nun mit Heiligenschein, die Jesus-Matratze ...

„Geht es Ihnen nicht gut? Kann ich Ihnen irgendwie helfen?"

„Iiiiiii baume Hiiifee, iiiiiiiiiiiii hajan Herzinfalt. Da! Da! Daaahaa!" Rolf zeigt mit dem Finger auf die drei Meter von ihm stehende Säule.

„Ich versteh kein Wort! Da kann ich ihnen also nicht helfen!"

Während der davontrabt, richtet sich die Jesus-Matratze in seinem Rücken auf und hält ein Schild mit der Aufschrift 80% hoch wie der Radfahrer-Betreuer bei einer Rundfahrt dem Sportler verkündet, dass hinter dem nächsten Felsspalt eine Epo-Auffüllung wartet.

Plötzlich taucht seine Mutter auf und in Ihrem Schlepptau Rolf seine Schwester: „Denkst du gar nicht daran, was die anderen Leute sagen? Wie steh ich denn da durch dich? Du bist doch ein Schwächling, ein unfähiger dazu! Richtig so, dass du auf den Kopf gefallen bist!"

„Da wird nämlich die Patella hinter der Augenbraue gleich richtig geschoben", weiß seine Schwester. „Ich kann dir sowieso nicht helfen, du bist mir zu schwer. Hmmh!"

„Ja, Rolf, mir geht es genauso!", schaltet sich wieder seine Mutter ein. „Ich könnte dich maximal unter den Armen kitzeln, damit du wieder aufspringst und nicht hier vor der Hennigs Wohnung in Deiner Kotze liegst." Währenddessen hat sie seinen Kopf in Augenschein genommen und gibt dem zusammen mit seiner Schwester abwechselnd blutig kratzendende Hiebe. Als wären sie vampiröse Spechte, die an einen Baum hacken, um einen kleinen Jungen herauszusaugen.

Oder wie fleischfressende Kakerlaken, die mit ihrem Antennen versuchen, die Bettdecke wegzupochen, um die Füße des Bettnässers abzunagen, während sie in seinem sich auf dem Laken ausgebreiteten Urin baden können.

Danach wenden sich seine Mutter und ihre Tochter von Rolf ab und spazieren in mehr oder weniger erregender Pose auf die geöffnete Mitropa zu, vor der eine Gruppe betrunkener Eskimos sitzt. Sie lassen eine Flasche Wodka umherkreisen, bis ... Einer von ihnen steht auf und schielt zu Rolf hinüber. Er reckt die Flasche in die Höhe wie Pennywise die Süßigkeiten vor ausgemergelten Kindern und lallt lautstark herüber: „Willste ou njeni Gluck?" Sogleich aber wieder heruntergerissen wird mit der Bemerkung: „Not our problem!" Dafür erreichen seine Mutter und ihre Tochter die Gruppe Eskimos, die sie mit schüchternem-lustvollen Kichern begrüßen. Seine Mutter hockt sich in die Mitte der Gruppe, während sie sich bei ihren Begrüßern abstützt. Doch plötzlich kippt sie nach vorn, wobei ihr eine erigierte Brust aus dem Dekolleté springt und ihr Kopf verschwindet wie das Oberhaupt eines Totems im bis oben gräulich gefüllten Gully. Ihre Tochter – die schüchtern die ganze Zeit abseits stand und die Situation beobachtete – quiekt scheinbar erschreckt auf wie eine in Ekstase stehende Gazelle, hebt den Rock und springt ihrer Mutter nach, um ihre Hand schützend vor Mutters Brust zu halten. Sie landet aber in den vielen gelblichen Armen, augenblicklich dreh um, Wodka-Flasche in den Mund, flöß ein. Dann ...

Inzwischen Rolf: Sein Blick verschwimmt, ein großer Lastwagen steht mit latschigen Reifen auf seiner Brust ... links. Sein Atem ... kurz, stoßweise (wie die schepprigen Töne des Wummern eines Sklavenvormannes auf einer konvexen Quietsch-Pauke, der den anderen Sklaven auf einer Galeere den Ruder–Rhythmus vordröhnt), seine Beine gefühllos – als wären die Nervensehnen davon bei seiner Beschneidung gleich mit abgesäbelt worden –, sein Mund trocken – wie bei Oma Erna, die vergessen hat, sich mit Gleit-Creme einzuschmieren und deswegen nun Tom schmerzerfüllt aufschreien lässt (bei dem sich dabei übrigens zwischen den Beinen ein bläulicher mit roter Umrandung schraffierter Fleck ausbreitet, den er röchelnd mit vor und zurück wippendem Kopf beschreit.) Sein linker Arm ... er wandert ... er schreitet ... er breitet sich aus wie die Pestbeule am ganzen Körper. Das Ungefühl in seinem Arm ... nun auch ... in der Schulter ... in der Brust ... unter der Brustwarze. Linke Seite ... Monopol. Schmerz! Brennend, schneidend (als wenn im zu engen Tunnel von Duisburg bei Love-Parade 2010 am unteren Zipfelchen der Bauchspeicheldrüse eine sich dort festgebissene Ratte hängt), stechend wie bei einem untrainierten Fakir.

In seiner Hose ... eine Erektion, ein Ständer, eine Latte – als wöllte er dem afrikanischen Buschvolk am Rande der Kalahari eine Stange für ihr Ratsversammlungszelt spenden. Doch genauso wie im ganzen Körper verspürt er jetzt auch darin einen ziehenden Schmerz; dabei kommt ... Spitze der Eichel ... bläuliches Et... – Löcher, die nicht da sind ... oder doch? Tropfende irgendwo davor? Andere Löcher? „Auuuuuuuuuuuuuuuuuuuuh!"

Währenddessen ... sein Unterkiefer ... eine um sich spuckende ... die Armee der Ameisen ... Schmerzen ... gefletschte Zähne.

„Uiuiuiuiccccccccccchhhhhhhh!" Ein Sturzkampf–Bomber landet auf ihm. Sein Bauch, seine Brust, seine Kehle, sein Kopf – Druck bei ihm, auf ihm. Seine Augen schließen sich. Dunkel, schwarz um ihn.

Plötzlich: „Wie lange hab ich hier gelegen?" Alles rot um ihn herum. Blut! Er will sich aufrichten. Stützt sich auf einen Ellbogen, fasst mit der anderen Hand über die miefende Lache. Dann einen Zentimeter nach oben, einen zweiten, er schraubt sich langsam nach oben wie eine Eiskunstläuferin, die vergessen hat, dass sie sich durch die Drehungen in der Luft hält. Und jetzt stürzt. Mit lautem Getöse. Das klingt wie das Rülpsen des Kyklopen Arges. – Na gut, mehr wie das Kreischen einer ins Stocken geratenen Dampfmaschine. – Und er fühlt, wie es – ausgehend vom Kinn – den Hals hinunter läuft, warm, feucht.

Doch Rolf achtet nicht darauf, lehnt sich dafür wieder auf seinen Ellbogen und fasst jetzt mit der anderen Hand in die rote Lache. Spürt sofort große und kleine Steine, Scherben, eine klebrige, feste Masse – *Wahrscheinlich ...* – um alles herum schlängelt sich eine ebenso klebrige, feste Plärre, die aber nicht so fest ist wie Kohls Bauch, dafür aber glitschig und noch lauwarm wie der Kessel im Fegefeuer, der schon lange aus dem Betrieb genommen wurde.

Trotz allem kommt er jetzt besser hoch. Doch kurz bevor er die Beine anzieht, um wieder aufstehen zu können, ereilt ihn ein erneuter Stich in der linken Brusthälfte und seine Arme knicken ein. Seine Nase landet dort, wo er sich auf die rechte Hand stützte und gewährt ihm nun das Wissen, dass auch D. H. Lawrence benebelte, als der Lady Chatterley hinter der nächsten Hecke vermutete. Der linke Oberarm ist auch eingeknickt, obwohl sich Rolf doch nur auf den Oberarm gestützt hatte. Der Knochen hat sich durch die Haut gedrückt und zeigt jetzt stoßweise, unregelmäßig Blut ausstoßend aus den gräulichen, mit Fasern durchzogenen Fleischfetzen auf die nun aufleuchtenden 80%-Schilder der ihn mehr oder weniger weit umlaufenden Passanten. Vorn an der Ecke hat sich ein runder Haufen gebildet, aus dem ständig „Ooh!"s und „Ach!"s quellen wie bei einem Mongolen-Zelt ohne Rauch-Abzug und der durch die uniformierte braune Farbe der Kleidung der darin versammelten Menschen aus der Ferne leicht für etwas anderes gehalten wird. Sie alle schauen in einen Rundfunk-Laden, in dem ein Fernseher steht, wo ein Spot läuft über solche roten, mit weißen, geraden Kreuzen versehene Säulen auf denen „bei Herzinfarkt" draufsteht. Der in einem kack-braunen Nebel sitzende Fernsehsprecher verkündet eben, dass bei einer Umfrage ermittelt in Deutschland nur etwa 20 Prozent helfen würden, in Schweden circa 80 Prozent. „Armes Deutschland! Da kann ich nur hoffen, dass in so einem Fall nicht einer der 80 Prozent in meiner Nähe ist! Denn dann sähe es für mich sehr sehr schlecht aus!"

In dem Moment bricht Rolf erneut zusammen und bleibt bewegungslos liegen.

*Sich selbst zu ärgern, mach Spaß. Andere zu är-
gern, macht glücklich.*

(Li Tai Po)

Tief drin

Ich breite meine Flügel aus und begebe mich hinab in
den schwarzen Schlund. Plötzlich gerät mein Flattern
ins Stocken. Mein rechter Flügel stutzt, will dann
weiterwedeln, muss aber wieder stutzen. Ich schaue
zurück – sie schaut mich fragend und zugleich bit-
tend an. Jacqueline, die heiß geliebte Jacqueline. Die
auf den imaginären Rock zeigt, dabei die Augen halb
schließt und ihre Zunge jeden Quadratmillimeter ihrer Lippen abkrauchen lässt.

In dem schummrigen Licht, dass von oben noch
hereinströmt, betrachte ich sie erregt, schnalze mit
der Zunge und lege die Flügel an. "Komm", hauche
ich ihr gedanklich zu und bemerke überdeutlich, wie
zwischen meinen Beinen etwas Gestalt annimmt.

Sie kreuzt vor mir auf und spreizt die Beine. Ich
will meine Hände an ihren schwanenförmigen Hals
wandern lassen, um das Vibrieren ihres Körpers zu
spüren und durch am Körper hinuntergleiten noch zu
verstärken.

"Aaaaaaaaaaaaaaaaaaaah!!!!!!!!!"

Das Wollen kann ich nicht in die Tat umsetzen, wie auch ihr Begehren gänzlich unerfüllt bleibt. Ein plötzlich eintretender Sog hat verursacht, dass wir beide mit fast schon Luft rauben wollender Geschwindigkeit den Schlund hinabstürzen, noch – oder ist das schon eine Fata Morgana? – wahrnehmen, dass das schemenhafte Licht rapide verschwindet, bis wir in völlige Dunkelheit getaucht sind, nur noch an den Wangen spüren, dass wir uns nach wie vor bewegen, es uns vorkommt, als würden wir aus dem Garten Eden auf den Grund der Hölle geschleudert. Starren deshalb angsterfüllt in die Finsternis, wimmernd wegen der Agonie, die uns überrollt, und in der Erwartung, dass es von einem Moment zum anderen plötzlich gleißt und das Pendant Gottes uns in einer Schwefelwolke brät.

Plötzlich wird die Geschwindigkeit geringer, die Temperatur klettert wieder ein paar Fahrenheit zurück, Lichtbrocken lassen unsere Augen flattern. Aber noch immer bewegen wir uns.

Langsamer, mehr langsamer, weiter langsamer. Die Geschwindigkeit ... gegen null, bis wir in der Luft einer uns unbekannten Gegend schweben, von der aus wir plötzlich und schmerzhaft auf den zerklüfteten Boden katapultiert werden. Wo wir schauen, ob alles heil geblieben ist.

Doch – erneutes Grauen. Ich will zum Test den rechten Flügel anheben – der hat sich verdünnisiert.

Der linke, meine Arme, meine Beine – alles verschwunden! Ein Wasserfleck bildet sich auf dem Erdboden – schwitze ich? Aus Angst? Weil es so drückend warm geworden ist?

Ich will Jacqueline fragen: "Wa..."

Meine Augen haben sich auf sie gerichtet, das Blickfeld wird immer größer, ich fühle Wellen in mir aufbrodeln, die mich müde und schlapp machen.

"Komm jetzt ja nicht auf den Gedanken, ohnmächtig zu werden oder den Löffel abzugeben!", dringt auf einmal ihre Stimme an mein Ohr. Jetzt von ihrem Mund ausgesendet und mich aufrüttelnd. "Denken wir lieber darüber nach, wie wir hier wieder rauskommen!"

Ich blicke mich um. Sehe am Horizont Sand kilometerhoch aufsteigen, irgendwoher kommt ein starkes Rauschen, das klingt wie ein brandender Ozean, die entgegengesetzte Seite des Himmels wird feuerrot erleuchtet, wie von einem Gebläse ausgespiene dampfende Wolken spritzen über das Firmament, ein oranger Ball, der ab und an zwischen den Staubfetzen hervorlugt, sendet uns die Strahlen zu, die wir nur in verminderter Stärke benötigen, so dass wir uns vorkommen, als wenn wir auf einem Amboss lägen, auf uns liegend das zu schmiedende Metall, in dessen vor Glut tropfende Spitze wir hineinstarren.

"Was machen wir jetzte?", will ich von Jacqueline wissen, dabei immerfort die Stimmbänder anstrengen müssend, weil die gedankliche Übertragung ebenso nicht mehr funktioniert.

Nur ihr Kopf ist verblieben, auf dem sich jetzt die obere Gesichtshälfte kraus zieht, woraus ich den Schluss ziehen kann, dass es ihr genauso geht wie mir: Beide haben wir null Ahnung, was das hier soll. Und so verwundert es auch nicht, dass ihr Kopf hinter meinen springt, neben Unwissenheit auch Angst auf ihre Züge gezogen ist.

Die mich nun auch überfluten will. Doch ich schiebe sie zurück ins Hinterstübchen, registriere dafür mit Erleichterung, dass wir uns noch bewegen können.

"Komm", fordere ich Jacqueline auf, will zum brandenden Ozean streben, um dort nach – ja, nach was denn? Einer Erklärung? Dem Todesurteil? Einer Rückpassage? Dass wir im Paradiesgarten wiedermal auf etwas Unerklärliches gestoßen sind, ist unumstößlich. Doch was ...?

Plötzlich eine Lichtung. Wir schauen auf Wasser, auf viel Wasser. Mein Blick wird immer starrer, ich fühle mich in eine Hypnoseglocke hineinschweben. Beraube die Umgebung meiner Aufmerksamkeit, dürfte jetzt für den objektiven Beobachter ausschauen wie eine lebendig in Stein gemeißelte Büste.

Uuh. Es schimmert plötzlich ein getrübtes Gefühl in mein Bewusstsein, als wenn mich etwas packen und durch die Luft schleudern würde. Obendrein steigt ein Brechreiz in mir auf und möchte das zuletzt Eingenommene dazu veranlassen, den Rückzug aus dem Magen anzutreten.

So jäh, wie es angefangen hat, ebbt dieses Empfinden aber wieder ab. Es wird nass und glitschig, als wenn der uns zustehende Kessel in der Hölle gekühlt werden würde.

Rechts von mir Jacqueline; links – Wasser; über mir – Wasser; unter mir – Wasser; ich drehe mich einmal um die eigene Achse – überall Wasser. Und auch hinter Jacqueline grinst es mich an. Mit Erschrecken bemerke ich, dass ich meinen Mund sperrangelweit offen halte. Schließen, um nicht Wasser einzuatmen. Und dann zurück an die Oberfläche schwimmen.

"Womit???", kreischt es da in meinem Kopf auf. "Womit?", frage ich mich selbst. Und füge ein "Was nun?" hinzu.

"Was nun?", will auch Jacqueline von mir wissen.

Ich starre sie entgeistert an: Sie kann sprechen! Mehr noch – sie hat den Mund geöffnet, verharrt ruhig auf ihrer Stelle, als wenn sie unter freiem Himmel campieren würde! Sind wir hier in einer Taucherglocke, die durchsichtig ist, damit wir alles sehen können?

Ich versuche auch zu sprechen. "Wo sind wir jetzte?"

"Keine Ahnung." Auf einmal wird ihr Blick wieder dunkler, sie kommt langsam auf mich zu. Ihr Kopf schließt sich sanft um meinen, ihre Lippen benetzen die meinen, ich spüre wie mir etwas Feuchtes über die Glatze flutscht. Ich fange an, mich ihren Bewegungen anzupassen, ergreife selbst die Initiative, beginne lustvoll zu keuchen.

Plötzlich werde ich wieder zum Stoppen gezwungen. Mein Blick hat sich nach außen Bahn gebrochen, ich sehe Bläschen, die aussehen genau wie wir. Dazu schwappt ein schrilles Sirren an mein Ohr.

"Was is'n das schon wieder?", hat es Jacqueline auch bemerkt. "Was is'n das für eine Welt, wo man nicht mal aneinander scheppern kann, ohne dass einem jedes Mal einer aufn Geist geht?" Und folgt meinem Blick, in dem sich Neugierde breit gemacht hat.

"Was is'n das schon wieder?", muss sie noch einmal fragen, diesmal hat jedoch die Stimmfärbung Entrüstet-Sein der des Erstaunt-Seins Platz gemacht.

Ich klappere mit den Augendeckeln. "Bewegen wir uns doch mal hin, vielleicht sagen sie's uns."

Wir fließen wieder auseinander – die anderen tun es auch. Wir bewegen uns wieder aufeinander zu – die anderen tun es auch. Wir schauen uns fragend an – keine Ahnung, ob es die anderen auch tun. Wir drehen uns wieder auf sie zu und schütteln uns fragend – sie schütteln sich auch.

"Die machen uns alles nach", ist Jacqueline der gleichen Ansicht wie ich.

"Mal sehen, was noch alles", bedeute ich ihr, ein Experiment zu beginnen.

Wir nicken uns auf sie zu – sie kommen uns entgegen!

Auf einmal sind wir mittendrin in einem Schwarm Gleichaussehender. Die immer mehr werden, weshalb die Zipfel Wasser, die noch zu sehen sind, aus meinem Augenlicht verschwinden und es mir vorkommt, als wäre ich in einer aus einer Limo aufsteigenden Kohlensäure-Wolke.

"Komm, wir wissen eh nicht, was wir machen sollen, also spielen wir weiter."

Eines meiner Augen bleibt aber auf den Bläschen haften. Und es erkennt, wie sie versuchen, sich zu Pärchen zusammenzufinden, wobei aber Konkurrenzkampf aufkommt. Mindestens zwei nicken sich aufeinander zu, nachdem sie fast gemeinsam vor einer einzigen geschwungen waren und gezeigt hatten, wie schön sie ihre Form verändern können. Doch das weibliche oder männliche Bläschen kann sich wohl nicht entscheiden, weswegen einige Teile der Bläschen sich einer Beulung hingeben müssen. Der Angreifer geht dabei auf Kamikazeflug, wandelt sich in eine länglich-ovale Form um mit vorn anhaftendem Rammsporn; stößt so in sein Opfer, versinkt tief in ihm drin und kommt an der anderen Seite wieder heraus. Das gerammte, das sich bis auf die Begrenzungsfäden geteilt hat, schließt sich wieder, wechselt dafür zur hammer- und zwischendurch zur sichelförmigen Gestalt, um jetzt selbst zum vernichten sollenden Schmerz-bringenden-Angriff überzugehen. Nun entstehen Ambosse und Bolzenschneider, Speere und Schilde, Äxte und Lanzen, Schwerter und Netze, und wer weiß, was sonst noch. Denn ich kann nicht länger zuschauen, weil sich meine Wahrnehmung immer mehr umwölkt und sich Stück für Stück abwendet, denn Jacqueline ist an mir, auf mir, über mir, unter mir, bei mir, und sie ist ein Wesen, dem man seine ganze Aufmerksamkeit schenken muss und will.

Derweil haben sich die Amöben geeinigt, wem sie ihren Leib anbieten wollten; oftmals hängen auch mehrere zusammen, um an dem neuen Spiel teilnehmen zu können und damit ihrem Dasein einen neuen Anstrich zu geben. Und sie lassen jetzt etwas folgen, das aussieht wie ein Tanz, der choreographiert worden ist und Jacqueline und Mike als Vortänzer beschäftigt; die Amöben imitieren das, was sie vor sich sehen und werden nach einiger Zeit selbst kreativ: Die eine bildet eine Gerade, woraufhin die andere, die sich zu einem Punkt verkleinert hat, diese umrundet noch, ohne sie zu berühren. Dann wandelt sich die Gerade in eine mehrfache Wellenlinie, deren x-Achse sich weit drunter errichtet. Als Reaktion darauf bäumt sich die Wellenlinie auf, so dass sie aussieht wie die indische Schlange, die aus ihrem Korb herausschaute, um sich dem Beschwörer zu widmen. Eine andere Amöbe streckt sich ihr vertikal entgegen, kommt ihr dabei schon näher, was aber die untere wieder auf den Plan ruft. Sie formt sich zu einem sternenförmigen Gebilde und schiebt eine verdichtete Anzahl von Zacken zwischen die aufgerichtete Wellenlinie und die Vertikale. Plötzlich verschwindet die sich innerhalb der Zacken befindende, als wenn sie eine Tarnkappe aufgesetzt hätte; der Stern schüttelt und reckt sich wohlig in die Länge, wobei die Zacken verschwinden und sich dafür ein riesengroßer eckiger Läufer bildet. Die Ausgestoßene ist plötzlich wieder frei, umhüllt nun den ehemals-Stern. Einen Augenblick später taucht die Verschwundene wieder auf, stützt sich auf die nun entstandene doppelte Hyperbel, betont lässig in ausgebuchteter Form, groß genug, auf dass zwei in ihr ankern können. Blitzschnell fächert sich ein zweifarbiges Prisma auf und fängt ihren Flug ab. Dann bildet sich unter ihr ein ausgefüllter Zylinder, auf dem sie thront wie Zeus auf dem Olymp. Doch nicht lange. Denn in der Mitte entsteht ein Spalt, der Fahrt aufnimmt und sich bis zum Boden ausweitet. Sie stürzt sich auf die Öffnung und gleitet nun hinunter wie auf einer mit Gelee eingeseiften Rutschbahn. Unten angekommen verwandelt sie sich in eine Kugel, die sogleich umschlossen wird, wie es der Mond mit seiner Umlaufbahn um die Erde tut. Nun schweben sie nur noch umeinander, wobei jedoch die Kreise langsam aber stetig immer enger werden und es zur Kollision kommt. Es entsteht ein gellendes Knirschen, das so klingt, als wenn in einem Motor ein Getriebe in Betrieb genommen wird, worin aber noch das Öl fehlt. Trotzdem aber scheint es den Amöben zu gefallen, denn sie halten in ihren Bewegungen nicht inne, rücken immer mehr aufeinander zu, die Verdichtung wächst.

Jacqueline und ich haben die Freuden des Beieinanderseins ausgekostet und verfolgen nun mit neugierigem und angespannt erregtem Interesse das sich vor uns Abspielende.

Plötzlich springt aus der Masse ein um einiges kleineres Mässchen hinaus in das Wasser. Ihr fehlt jedoch noch die Orientierung, weswegen sie sich nach vielen Irrfahrten zur Großen zurückschaukelt, um sich einen Winkel zum Verkriechen zu suchen.

Die große Masse streckt sich nunmehr strahlenförmig aus und umschließt die kleine wie eine Känguru-Mutter ihr Baby.

Auf einmal verschwinden die Bläschen aus unserem Augenlicht in rasender Geschwindigkeit. Dazu bekommen wir schlagartig Atemprobleme, das Wasser bäumt sich auf, Schwärze überflutet den Raum, ein als das Urwaldbrüllen x-mal stärkeres Prasseln und Brausen schwillt auf.

Das Wasser ist unter uns. Luft! Wir können wieder frei atmen. Links von uns ist zerklüfteter Boden, der mir sehr bekannt vorkommt. Rechts stürmt Sand in die Höhe. Die Wärme trocknet uns ab in Sekundenschnelle.

Von einem Moment zum anderen wird es wieder kälter. Eisig kälter. Dazu übernimmt die Dunkelheit wieder die Oberhand. Doch die Schattenformen an der Wand – wo kommen die her? Ich schaue nach unten – das undurchsichtige Schlammloch lässt grüßen. Oben – ein stecknadelgroßer Lichtpunkt, auf den wir uns zubewegen. Oder täusche ich mich?

Schon wieder schweben wir in der Luft. Aber diesmal sind saftige Wiesen unter uns, links ein ruhiger See, ein paar Kühe beschäftigen sich mit grasen, Vogelgezwitscher in der Luft, das Piepsen einer erschreckten Mäusefamilie, vor der wohl soeben eine verschlagen aussehende einäugige Katze aufgetaucht ist. Jetzt vernehmen wir auch balzende Menschenstimmen und erblicken eine Gestalt in weißem Gewand, die erregt mit den Flügeln klappernd rückwärts läuft und von einer anderen mit weit geöffneten Mund und daraus hervordringendem Gestöhn verfolgt wird und dabei noch eine andere mitschleift, die sich an ihren Rockzipfel gehängt hat und damit erahnen lässt, dass die mittlere Gestalt bald entblößt sein wird.

"Sind wir etwa zurück?", kann es auch Jacqueline kaum glauben. Doch ich kann nicht antworten, denn im selben Augenblick bricht sich ein jäher Schmerz in uns Bahn.

Ich schaue sie benommen an. Reiß dann meine Augen auf, glaube mittlerweile aber an das auch, was ich hier vor mir sehe: Ihr Körper ist aus dem Nichts aufgetaucht und hat sich ihr wieder angeordnet. Und meiner ist nebenher gestiefelt, beansprucht nun das Recht von mir, wieder gefühlt zu werden.

So abrupt, wie der Schmerz begonnen hat, ist er wieder abgeebbt. Dafür bekommen wir einen zugegebenermaßen diesmal sanften Stoß in den Rücken.

"Wir sind zurück", glaube ich, ihr versichern zu können, als wir nach dem segeln durch den lauen Wind auf einer Wiese gelandet sind, wo wir von duftendem Gras und aufblühenden Schneeglöckchen empfangen werden. "Und, war's schön?", will ich außerdem auf gedanklichem Wege von ihr wissen.

"Teils teils, hin und wieder." Ihre Gedanken atmen die Spitzbübigkeit aus.

"Jacqueline Schwuppdiwupp und Mike Immerzu sofort zu mir!", dröhnt da im Äther Gottes Bass.

"Oje, der Boss ruft", denkt Jacqueline das gleiche wie ich. Und greift meine linke Hand, um zum Altar zu laufen.

Jeder Morgen

Jeden Morgen sitze ich in dem Bus, welcher mich zur Schule bringt und wo mir immer eine Frau gegenüber sitzt, welche ...

„Wow, sieht die gut aus!"

Die Augen dunkelbraun bis schwarz, Stolz lodert in ihnen auf wie bei einer spanischen Prinzessin, deren Rasse die adligen Jünglinge um sie herum ohnmächtig macht; der Teint ist so dunkel – und doch wiederum hell – wie der von sich anbietender, wollüstiger Schokolade, welche gerade ein Sonnenbad genommen hat; die Lippen – kirschrot, sinnlich aufgeworfen, sehen zum Küssen einladend aus – aus ihnen heraus ist ein flimmernder Schemen geschwebt, der jetzt vor den Lippen steht wie das fliegende Auge vor dem offenen Fenster der nackten Tänzerin; schwarz die Haare, lockig, wirr, wild, pa... pa... pa... – *ich fang an zu stottern!* – passend zu ihr, zu ihrem Aussehen, zu ihrer nicht–bändigbaren Frivolität; und eine leicht zu einem Haken gebogene Nase gibt der verwegenen, obskuren Erscheinung den letzten Pep; die Figur lässt sich nur erahnen – sie wird von einem

166

langen hellblauen Rock und einem weiten bordeaux-roten Pullover verdeckt – *Hat da ein schöngeistiger abstrakter Künstler eine Regentonne bemalt? Da-Da-ismus lässt grüßen!* –, aber was sich da drunter verbirgt – *Was? Was? Was? Rundungen? Täler? Mehr oder weniger glatte Berge? Unendliche Seen oder endliche Weiher? Spritzende Wasserfälle? Umhüllende Schlafmoore? Oder eine saugende Fallgrube, die von einer floureszierenden Aura umgriffen wird? Oder schlingende Pflanzen, die dich wie Fesseln am Ort halten, nur dafür sorgen, dass deine Zunge emporschnalzt, animiert durch das ästhetische Wunder, das sich vor ihr aufgetan hat? Oder ...*

Nein ... ein Umstand beeinträchtigt ihre Schönheit, ihre Vervollkommnung, ihre fast göttliche Erscheinung: Ihr Gesicht ist zur Faust geballt, das Gefechtsauge hat sie ausgefahren, die wirren Haare stellen eine Steigerung des Bildes vom Gen-Defekt einer Schimäre her. Dass sie wunderschön lächeln kann, durfte ich bereits bemerken, als ich mit ihr sprach; jetzt aber ist der Blick nach vorn gerichtet – manchmal kreist er auch durch die Runde wie der von einem Stier, der in der Arena den Torero zum Todesstoß fixiert hat.

Sie schaut mich an. Ich ... ich ... ich soll nun aufgespießt werden! Ihren Augen ... ihr Mund ... ihre Haare ... in ihnen lodert es nicht mehr, sie ... sie ... Nein! Doch! Nein! Doch! Sie brennen lichterloh!

Sie ... gleißend rote Flammen wüten! Brünstige gelb-gezackte Stürme toben umher! Sie werden immer größer, füllen schon bald den ganzen Bus aus; alles, was um sie herum sitzt, flieht, flüchtet, galoppiert davon. Doch ich sitze wie festgenagelt, habe meinen Blick voll auf sie fixiert. Und muss erkennen, was ... was ... was ...

Sie lächelt plötzlich – sie lächelt! Was für ein schöner Anblick. Und immerhin ... Was für ein selte-ner Anblick. Doch ... halt! Sie gähnt! Und trägt da-nach wieder diese eiserne Maske zur Schau, welche ...

... jetzt anfängt aufzuquellen wie ein Luftballon, welcher sich in dünner Luft bewegt. Diese Maske pul-siert, wird mächtiger, dann wieder dünner, größer, breiter, schmaler, dicker. Der Abstand zwischen Mund und Nase ... nicht mehr. Die Zähne ... nicht mehr hinter den so sinnlich gewesenen Lippen. Sie werden zu Beißern, zu mächtigen Reiß-Luken. Ein al-ligatorisches Krokodil, ein geifernder Waran, ein um-sich-schlagender Tyrannus Rex. Sie küssen – nein, nicht mehr! Und wo einmal ihre Nase war ... ver-schwunden, weg, als wenn da nie etwas gewesen wäre. – Doch: Dort vorn, da, da ist sie: Ein winziges Gebilde zwischen ihren Augen, das ich nur dadurch erkennen kann, weil die Ströme der Luft hineinflat-tern. – Die wirren Haare sind zu Schlangen geworden – glibbrigen Schlangen, dampfenden Schlangen, jau-chenden Schlangen – Gift?

Mein Blick wandert nun an ihr herunter, doch ...
auch da ... da ... da ... mir nicht besser!: Ihr Pullover –
geplatzt. Überreste von einem weißen BH ... Das
Bauchnabelloch ... ein Schlund ... Reise durch die Dimensionen, glitschigen Dimensionen – wie durch den
zuckenden Regenwurm, der soeben aus der Pfütze
heraus gezogen wurde; Rippen wie die aufgedriesel-
ten Wanten von der „Bird" des zombiastischen Pira-
ten-Käpt'n Black. Und ... die zwei Euter einer Kuh,
welche seit sechs Wochen nicht abgemolken ... um
sich spritzend und dabei alles in Stein schlagend wie
der Blick der Medusa. Auch sind die Brustknospen
behaart wie der Bauch eines Pavians oder wie der un-
rasierte Rücken der Wolf-Menschin Supattra Sasu-
pan, aus deren Haaren eine Flüssigkeit rinnt, welche – sieht aus wie Schmalz. Fettig glänzend, tranig,
besch... JA! Nein! JA! Nein! JA! Nein!

Weiter runter: Ein Wulst, eine pulsierende Beule,
ein sabbernder Matschhaufen, überwuchert von einem Büschel Haare, das aus der Schlüpfer empor
kriecht wie eine Hecke, die verdecken soll die Orgie,
die die besoffenen Götter abhalten.

Plötzlich: Der Bus hält. Sie erhebt sich. Läuft zum
Ausgang. Dabei ... eine Flüssigkeit, eine spritzende
Linie ... rennt ihr hinterher, fängt an zu kochen, zu
nebeln, zu dampfen. Alle um sie herum fassen sich an
den Hals, röcheln sofort mit nach oben aufgerisse-
nem Mund. Ein Springbrunnen schwappt aus ihnen

heraus, tanzt durch die Reihen, umhüllt sie wie eine königliche Woge der kleinen Meerjungfrau. Und … schmieg? – Sie steigt aus.

Plötzlich: Zwei Sperlinge sitzen neben dem Bus und zwitschern sich aufgeregt an wie eine Gruppe jugendlicher Frauen auf dem Wäsche-Plan. Die Sperlinge öffnen dabei stakkatisch immer wieder ihr Gefieder, als wöllten sie betonend gestikulieren. Doch ein gurrendes Taubenpärchen gesellt sich hinzu, ein aufgewachter, weiser Uhu schwebt heran, eine elektrisierte Drossel umarmt eine Amsel, ein Sperber umkreist bewachend den Ort, ein Seidenschwanz bastelt irgendwas, Gänse und Enten säuseln in die milde Luft, ein farbenfroher Pfau baut sich vor allen auf und lässt stolz seine Schleppe zu einem Rad aufsteigen. Dann stellen sich alle in einer Reihe auf und machen das Gleiche wie die Sperlinge. Ein Vogel-Can-Can.

Tritt frisch auf, tu's Maul auf, hör bald auf.
(Martin Luther)

Alltäglich

Mike öffnet die Tür, entledigt sich am Schuhschrank seiner Schuhe, begrüßt die vor und hinter der Theke stehenden Leute, läuft dann weiter in den Innenraum, um nachzuschauen, ob auch dort sich ihm bekannte Gesichter befinden. Aber im Innenraum – niemand. Nur Eisengerüste sowie Hanteln aus Stahl stöhnen auf und stoßen bei seinem Anblick ein wollüstiges Röcheln aus wie Rumpelstilzchen, als er von der Müllerstochter seinen Namen offeriert gekriegt hat.

„Greife mich!"

„Nimm mich!"

„Stemme mich hoch!"

Eine Wolke kommt angeschwebt, hüllt ihn ein, bezutscht ihn.

Mike ... Animation ... Wanken ... eine Windboe, sie will ihn umfurchen. – Mike geht sich umziehen.

Die Tür öffnet sich erneut und herein tritt ein ... ein ... ein Mädchen, eine zu Fleisch gewordene Krönung der Schöpfung, ein Perpetuum Mobile der Ästhetik, eine Blume aus dem Garten der aztekischen

Götter. Wenn sie auch einer zahnlosen Krone entstammt, deren Zacken heraus gebrochen sind und jetzt um den Kessel herumflattern, aus dem das jammernde Geschrei von Mao Tse Dong kraucht und über den eine den Wogen entfleuchte Giftgaswolke schwebt. Die alle in der Nähe zu Boden stürzen lässt und diese jetzt wegen Atemskrämpfen in gezackten Sinus-Wellen durchschauert. Im Getriebe des Perpetuum Mobile ist Felsbrocken-haltiger Sand, der das Vehikel zum Stehen bringt, nachdem es keuchend abgewürgtes Gestöhn hervor gebracht hat wie Helmuth Kohl, der die ersten Meterchen eines 400-Meter-Laufes hinter sich wähnt. Die aztekischen Götter bevorzugen groteske, stinkende Pflanzen wie die Drachenwurz, um das Blut der ihnen erbrachten Menschenopfer zu konservieren, während sie in der Pflanze ihren Gefilden eine fließende Orgie abhalten können.

Das Mädchen tritt auf ihn zu. Schwenkt den Schlatz ihrer Hose auf, so dass das abgedunkelte Perlmutt-Weiß ihrer Beine zu sehen ist. Ein dunkler Strich leuchtet am Rande auf, getoppt von einer Piercing-Nadel, an der leuchtende Tropfen häng...

Sein bewundernder Blick, sein frivoles Starren auf den Inhalt ihrer Hose, seine lüsterne Acht auf sie – sie hat es bemerkt. Nun! Jetzt! Soeben! Sie hält inne, ihre Bewegung endet abrupt, ihre gepiercte Muschi reckt sich auf und vergisst für einen Moment, weiter zu bluten. Als wenn eine Luftblase durch ihren Körper gewandert ist und jetzt ihren Kopf erreicht, von dem aus es bewirken kann, dass die Hände sich vor den Brüsten aufstellen. Ihr Mund: Er öffnet sich immer weiter – Will sie irgendwas sagen, findet nur die richtigen Worte nicht? Ach ja, eine Luftblase. – Der Mund klappt wieder zu, wie bei einem Fisch, der seine Kiemen mit Wasser durchspülen will. Und sie macht auf den Hacken kehrt, wirbelt herum, stürzt dabei aber fast. Ihr Hosenschlatz öffnet sich erneut und läßt eine fast weiße Schlüpfer aufblitzen, auf der sich Ringelblümchen tummeln, die von einer Linie durchzogen werden.

"He", ruft Mike ihr noch nach, "du kannst ruhig hierbleiben, mich stört das nicht!"

"Ich bin doch kein Masochist!". Schnippisch. Luftblase. Sinnvoll.

Ein magentafarbener Schleier um... hüllt sie ein, bedeckt sie, lässt sie glitzern. Als wenn ein Heiligenschein um ihren ganzen Körper gewunden ist. Hat man sie mit Phosphor beworfen, durch brennendes Magnesium geschleift, durch verschmutztes Thoriumoxid gezogen und ihren Körper dann mit Glühlämpchen versetzt?

Vielleicht wartet sie auf Ilkhold Zottelhaar, dass er sie aus den Niederhöllen befreit. Dem müsste sie sich dann nicht so masochistisch anbieten. Er würde ... Erstmal: Irgendetwas kraucht an ihr hoch, schleppt ihren Liebesschleim durch die Musrinne, benestelt ihre Taille, macht einen ausgiebigen Stopp an ihren Nippeln. Dabei wispert ihr jemand ins Ohr: „Siehst du da vorn das Licht? Es erreicht Dich aber nicht! Auch wenn verbessern könntest du dadurch deine Sicht! Und auch, wenn Du nicht willst, dass ich Dich beglücke, trotzdem werde ich Dich bestücken. Ja, Du wirst auf ewig Dich dran entzücken! Denn ich bin dein Diener, dein Sklave, dein Masochist! Allerdings mit eigenem Kopf. Den kannst du aber unterwerfen, unterjochen, demütigen, zertreten. Allerdings nur zum Schein! Denn ich fahr dann in Dich rein! Und alles, was du mir draußen angetan, schenk ich dir dann von innen zurück, Lust oder Gram. Also sei so lieb – kein Größenwahn!"

Über ihr zieht eine purpurne Wolke die Decke entlang, auf der Kim Jong Un sitzt und die unten liegende, verbogene Atomrakete anschreit: „Mach endlich Latte und flatter zu dem Trump-eltier rüber hinein in dessen Arsch, damit er dort eine Beule kriegt und dort nicht mehr mit Zinnsoldaten (aus dem Terra-Cotta-Gehege) spielen kann! Die ... die ... Sollte die ganze Welt dabei draufgehen? Egal! Die machen mich nämlich zum Masochisten. Dabei wir sind Kommunisten! Nur wir haben recht! Wir! Wir! Wir! Hoch lebe Stalin! Hoch lebe der duftige Mao Tse Dong! Hoch lebe der ach so ehrenwerte Gadaffi!"

Wieder draußen wandert ihr Blick zur Tür zurück: Schwaden kriechen aus deren Ritzen, neblige Schwaden, klebrige Schwaden. Gleichzeitig bellt eine mystische Stimme auf, wandert dem Klang nach an die kalte Heizung; räkelt sich um diese; versucht, mit röchelnden Oktaven Gespielinnen anzulocken; ein scheinbar losgelöster Zeigefinger wandert vor der Nicht-Masochistin hin und her und winkt ihr zu, zu ihm zu kommen. Und jetzt öffnet sich die Tür einen Spalt. Ein dumpf grollendes Husten schwebt heraus; sich-krümmende Gestalten schwanken auf die Nicht–Masochistin zu und grapschen ihr an die Wäsche. Mit weichen, schlüpfrigen Finger streichen sie über sie, lassen sie konsterniert erbeben. Die Langhantel-Stange kokettiert in ihre Richtung, das Butterfly klappert .... Die Bauchmuskel-Matratze rollt sich zusammen und schwebt nach oben wie ein ... beim Start. Doch die Enden der Matratze laufen dunkel an – eine zähe gräuliche Flüssigkeit tropft in langen Schlieren aus ihnen heraus – schmatzend, wispernd, zischelnd, mit saugendem Unterton ... sie schlängeln sich vorwärts, an den rumstehenden Füßen vorbei, auf sie zu, dann an ihr hoch, in sie hinein, weiter oben wieder aus ihr heraus. Eine mit Stacheln besetzte Peitsche richtet sich auf, schlägt dann auf sie ein – auf ihren Rücken, auf ihren Anus – und ratzt erotisch pieksend an ihr herunter als wäre sie ein Pferd, dessen Po-Backen geöffnet werden sollen. Gleichzeitig fühlt sie, wie ihr jemand schmerzhaft in die Brust kneift und dann an ihren Nippeln saugt wie ein Ferkel an den Zitzen seiner Muttersau.

Die Nicht-Masochistin fällt zu Boden. Mit gespreizten Beinen. Mit geöffneter Hose. Mit aufgerissener Bluse. Mit röchelndem Stöhnen. Mit pink-farben Schaum vor dem Mund. Sie gibt sich allem und jedem hin.

Mike tritt heraus.

Aus einem verzagten Arsch kann kein fröhlicher
Furz kommen.
(Martin Luther)

„ICH LIEBE DICH!"
Das sag ich mir immer. Und weiß, es ist wahr. Doch –
liebst du mich auch? Ja, das ist sie, die Frage aller
Fragen. Du sagst es zwar manchmal – wenn ich es dir
doch gesagt habe –, oder antwortest mit "Ich weiß" –
den Satz hasse ich mittlerweile –, oder ... Fallbeil
(„Tretet mich!" „Schlagt mich!" „Esst mich auf in kleinen Stücken kurz gebraten und gut gewürzt!"): "Du
weißt doch, dass ich das auch tue." Und erzählst mir,
dass es dir auf den Geist ginge, dass ich immer mit
dieser "Leier" komme. Zwar fragte ich dich mal, ob
ich damit aufhören solle, aber daraufhin antwortest
du, dass unsere Beziehung dann zu Ende sei. Klingt
ein bisschen zerstreut, diffus, plemm-plemm, wie:
„Hat der Eine mich nicht genommen, lutsch der Andere an mir rum!" Oder – du bist ja ein Kind der
DDR – du handelst nach dem Ost-Zonen-Modus: Alles rein, aber nichts raus! Entsteht hier ein osmoti-
scher Druck und du stehst an der Membran und passt

177

auf, dass nur deine Dunstglocke gelüftet wird?

Bestimmt ist alles normal, nur ich bin übersensibilisiert oder paranoid anlehnungsbedürftig. Du stimmst auch immer dagegen, den ganzen, jeden Tag nur Händchen zu halten und sich zu beschmusen, dem anderen zu zeigen, dass man für ihn da ist. Und siehe da, ich kann dies sogar verstehen – versuche es zumindest. – *Will ich es auch?* – Doch trotzdem: Jede Berührung von dir, jeder noch so klitzekleine Kuss, jedes Dich mir widmen – ich hasche danach, ich giere danach wie ein Ertrinkender nach dem Strohhalm, der in der Flüssigkeit steckt. Ich sehn mich danach, ich sehn mich nach Dir, ich sehn mich nach Deinem Körper, Deiner Stimme, Deinem Geist; ich will du sein und doch wiederum nicht; ich will jeden Schmerz von Dir ertragen müssen, jede Labsal ... Nimm mich! Benutze mich! Schmeiß mich in die ... Wie war der eine Satz aus dem einen Lied: „Lass mich dein Badewasser ausschlürfen!" Oder wie sang mal der von „Hämatom":

„Belüg mich! Betrüg mich!
Zeig mir die Welt in deinem Licht!
Reiß mir das Herz aus meinem Leib
Teufelsweib! Teufelsweib!"
Weil ich mir dann wieder vorgaukeln kann, dass ich Dir nicht egal bin.

Früher warst du auch dieser Strohhalm, schienst selber gierig danach zu sein wie eine Mieze auf ihrem

Territorium. Doch: Worin stecktest du, was für eine Flüssigkeit wolltest du mir offerieren? Nebelte sie schon, sprudelte sie schon, zischte sie schon?

Du sagtest mir so oft wie ich nicht nur heute, dass du mich liebst. Doch was heißt "früher"? Das klingt, als wäre es schon Jahrhunderte her. Und manchmal – ja! Doch ... *schluck!* ... es war nur vor einem Viertel Jährchen, einem pimpsligen Quartälchen, vor lächerlichen drei Monaten, und doch ...

Ja, ich ... ich war damals sehr egoistisch und rücksichtslos. Und ich kann nicht sagen, dass ich dies abgestellt habe. Denn ein Behinderter muss egoistisch und rücksichtslos sein, sonst kann er nicht überleben! Trotz Deiner zarten Seele! Deiner weichen Arme! Deiner flauschigen Haare! Deines weichen Gemüts! Aber dennoch habe ich versucht, es einzuengen und versuche es auch jetzt.

Diese egoistischen und rücksichtslosen Anwandlungen haben andere festgestellt – mit Erschrecken auch du – und jetzt – ich? Ja! Wahrscheinlich! Bestimmt! Und prompt hast du dich in einen anderen verliebt. Deshalb? Er war der Vermieter, hatte mehr Geld als ich, guckte keinen Fußball. Und außerdem: So hässlich und dümmlich, wie er war – ist – für immer sein wird, würde er Dir niemals wegrennen. Zwar zwei Wochen lang dauerte eure Beziehung, zwei Wochen, und dann ...Sie stülpten alles um, was sonst ein ganzes Leben nicht schafft. Zwei Wochen, die letztendlich bewirkten, dass – wenn ich nicht aufpasse – ich dir hörig werde. Denn ich möchte mich mit dir nicht streiten – Du würdest mir mit wenigen Worten einen Sack überziehen –, ich will nicht, dass der Hassstreifen über unserer Wohnung hängt und wir uns ansehen und dabei nicht mehr wissen, dass wir uns mal geliebt haben, alles so wärmend schön war, rote Rosen unseren Weg zur kuscheligen Heia säumten.

Also ich muss zu allem den Mund verschließen – höchstens mal "Ja und Amen" sagen.

Aber ... Ja! Wirklich! Nein! Vergiss es! Oder ... vergess ich mich selbst? Bin ich echt noch weit entfernt vom spießigen Schemata, vom meinungslosen Wackelpudding, vom gekrümmten Wellblech?

Kannst du dich erinnern? Ganz am Anfang war ich für Dich noch obercool, selbstbewusst, genial. Und jetzt? Du warfest mir an den Kopf, dass ich „ekelerregend un-cool“ sei, in mir eine geistige Behinderung vorherrsche, Hoffnung nur eine Illusion sei.

„Oooooooooooooooooooooh!“

Bestimmt hatte sich da gerade eine Synapse bei Dir verkantet; und als sie dann nach einer sensorischen Leitung suchte, ist sie in einer von Alkohol angetriebenen Graue-Zellen-Presse gelandet.

Nach den zwei ... berühmten ...Wochen, als wir wieder zusammenkamen, sagte ich zu dir, dass wir uns beide ändern müssten. Ich muss wieder ein Mensch werden, mal mehr Verantwortungsbewusstsein zeigen – und nicht nur wie ein lärmendes Kind oder wie eine am Bein verletzte Tanzmaus durch die Botanik rennen –; du solltest aber mal anfangen, ein bisschen tolerant zu werden. Allerdings hast du auch die Fähigkeit, anderen was vorzuheucheln, um sie dann hinterrücks aufs Kreuz zu legen. Wie ein lächelnder Ali, der nur mal kurz in seine Hosentasche greift, um das scharfe Spring-Messer heraus zu holen und es seinem Gegenüber in den Wanst zu rammen. Und ...

„Frage, weiche von mir!!

... würdest du mit mir nicht genauso verfahren? Vielleicht sagst du mir nur deshalb ab und an – Lass mich zählen, wie oft es seit diesem Intermezzo war: ich glaube, viermal war es! –, dass du mich liebst, damit ich nicht auf dumme Gedanken komme, erst Dir, dann unserem Vermieter und zum Schluss mir selbst den Hals umdrehe. Denn du weißt, wie glücklich mich das macht, von Dir geliebt zu werden! Weswegen Du mich auch auf die Beruhigungsschleife setzen musst. Wie einen Säugling, dem man den Schnuller in sein Mündchen schiebt. Oder wie einen Vogel, dem man die Decke über den Kopf wirft. – Er sollte aber nicht auf dem Friedhof der Kuscheltiere gewesen sein, denn dann zerhackt er augenblicklich diese Decke und anschließend Dich, so dass Du dann zerfurcht zu Deinem Mäzen Pennywise rennst.

Allerdings: Kann es sein, du meinst das wirklich ernst? Kann das sein? Ja! Nein! Ja! Nein! Ja! Nein! Eenemeene muh, und raus bist du! Raus bist du noch lange nicht, sag mir erst, wie alt du bist!

„Nein!"

Eine kleine Mickimaus steckt den Arsch zum Fenster raus. Steckt ihn wieder rein und du musst es sein.

„Ja!"

Na siehste, das wollte ich hören!

Andere berichten zwar, sie würden sich das niemals sagen, doch ich ... ich will es hören, will es tief in mir drin fühlen, muss es greifen können. Und du weißt das – genauso wie ein Jüngst–Tier weiß, welche Zitze die Richtige ist. Oder wie in der einen Talk–Show die Männer nur weibliche Hintern sahen und herausfinden mussten, welcher von denen der ihrer Frau ist. Und meistens lagen sie richtig.

Dann: Dein neuer Job, bei dem du an den meisten Wochenenden mehrere Tage unterwegs bist. Und natürlich fand ich das unschön. Schließlich will ich ja was von Dir und das nicht nur reduziert auf kleinste Raten! Du aber gleich: Ich wäre gegen Dich. Würde Dir den Job nicht gönnen. Hätte etwas dagegen, dass Du glücklich, zufrieden stellend ausgelastet, als Mensch gebraucht wirst. Doch ... nein, so nicht! Das ... das ... das wäre doch der treibende Keil zwischen uns. – Neben dem, was sonst noch so ist. –

Und Du gehst einfach so weg! Weil Du mich nicht mehr liebst. Weil ich Dich nicht mehr interessiere! Weil ich Dir egal geworden bin! Beim letzten Mal hast Du eine schöne, extravagante Hose mir mitgebracht, aber – „Ein Leckerli für das Schoßhündchen, damit es schön artig bleibt! Und da noch ein Klecks! Und dort noch ein Klecks!" – Wir haben uns sofort, nachdem du wieder zurück warst, gestritten, denn deine erste Bemerkung war, dass du nächstes Wochenende wieder weg müsstest. Zwar bin ich in der Lage, auch mal für ein paar Tage ohne dich zu sein. Doch ... auch, wenn es nicht so wäre, egal ...

Durch diese Zweifel wird eine Leere geschaffen, eine Leere: Aggressionen rein, Unzufriedenheitsgewalt, Unmenschlichkeit, ganz leicht rein und Deckel drauf! Und dann ...

Ich sehe noch das Bild vom vergangenen Mittwoch vor mir, an dem ich dich zu deinem Chef gebracht habe, damit ihr wieder auf Tour gehen könnt: Da haben wir uns zum Abschied geküsst, bis du sagtest: "So, das reicht!"

Aha, damit war mir also die nötige Ration verabreicht, Deiner Pflicht Genüge getan. Du ... ich sagte es dir, ich protestierte dagegen, ich stellte mich bockig wie ein Kind bei dem man versucht, ihm den heiß geliebten Lutscher wegzunehmen ... du quittiertest das mir mit einem angewiderten Mundwinkelherabziehen. Und als ich dann im Auto saß, hupte ich zum

Abschied noch zweimal, doch nicht der kleinste Zipfel von dir war zu erblicken.

"Aus den Augen, aus dem Sinn" Wirklich?

Ich ... ich ... ich ... NEIN! Oder? Nein? Stimmt das? Kommt es mir bloß so vor? Scheint es mir nur so? Bist du die Süßeste im Universum? Bist du das Labsal für Verdurstende? Bist du eine Ekel erregende Schlampe, die man nicht mal in ihren Hals ficken sollte? Ich weiß es nicht. Glaube es nicht, will es nicht glauben, bei dem Gedanken daran wird mir übel. Der Schwarze Mann hetzt schon seine Gespielinnen in den morastigen Sumpf. Aber steht – liegt – wackelt unsere Beziehung nicht auf tönernen Boden, wenn ... solche Zweifel – hier? Du bist doch meine Ziellinie. Dünkte mir früher – vor einem ½ Jahr. Dünkt mir auch jetzt noch. Wird mir das immer dünken? Jage ich einer gebrochenen, raspligen Ziellinie hinter her? Glaube ich an den Weihnachtsmann? An den Oster-hasen? Der Nikolaus hat schöne Ohren. Und eine glänzende Rute.

ICH LIEBE DICH! (Ab und an zumindest.) – Wirklich?

„Komm ich zeig dir wie groß meine Liebe ist und bringe mich für dich um." ('Die Toten Hosen')

(Oh Gott, muss ich damals bescheuert gewesen sein, dass ich ihr hinterher hing!)

Geld und Lachen können das Alter zur Jugend
machen.
(Talmud)

Deine Augen

Wärme
Trautes Gefühl
Dunkle Umarmung
Wo ist der Ausgang des Labyrinths?
Vernetzung
Verstrickung
Gefangen sein
Ausbruch?
"Sünde!" schreit es von den Wänden
"Paradies!" fiktiert von den Stränden
Bitte schließe sie nicht!
Denn dann kreise ich im tristen Grau
Stecke im tiefen Stau
Von dem es kein Auflösen gibt
Ständig einlullender Schlamm von den Wänden flieht
Öffne sie wieder!
Dann sinke ich wieder hernieder

Wärme
Trautes Gefühl

Dunkle Umarmung
Nie zum Ausgang des Labyrinths!
Vernetzen
Verstricken
Gefangen sein
Kein Ausbruch!
Asche auf mein Haupt deswegen
Ich fühle Wärme in mir regen
Kann mich ihnen nicht erwehren
Muss sie immerfort verehren
Will ich es?

Wärme
Trautes Gefühl
Dunkle Umarmung
Ich will keinen Ausgang des Labyrinths!
Umhülle mich mit Deinem Glanz
Und führe mich zu des Feuers Tanz!
Vergib mir alle Schmach
Lass mich nur ein in Dein Gemach
"Bitte sage mir das Zauberwort!"
Lass mich wollen, wenn Du willst
Lass mich können, wenn Du kannst
Du sollst, also lass mich sollen
Du darfst, also lass mich dürfen
Komm!

(Verzeih mir mein Begehren!)

Warum rülpset und furzet ihr nicht? Hat es Euch
nicht geschmecket?
(Martin Luther)

... dann kann er Gott demütig um Vergebung bitten, wie ein katholischer Priester wegen den missbrauchten Ministranten, mit Petrus ums Wetter feilschen – damit der Sommer nicht wieder so unerträglich heiß wird wie der Letzte -, mit dem Teufel Mau-Mau spielen – damit er Hitler, Honecker, Stalin & Konsorten endlich mal im ewigen Feuer aufgespießt brutzeln lässt und die dort fleißig umdreht -, ...

Krüppelmemoiren von Mike Scholz
Autobiographie in drei Bänden

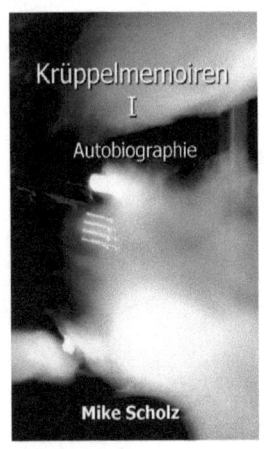

Sommer 1990, während der Wendezeit. Das Schicksal schreitet voran ... Ein junger Mann wird auf der Autobahn verunfallt. Schwer verunfallt. Und – alles ändert sich nun für ihn: Er ist nicht mehr der Strahlemann, der versucht, immer im Mittelpunkt zu stehen, er ist jetzt ins Abseits gestoßen. Alle seine „Freunde" haben ihn verlassen, seine Freundin hat ihn verlassen, seine Eltern haben ihn verlassen – er ist isoliert. Von den Ärzten erhält er eine vernichtende Prognose. War es das?

Nun merkt er zum ersten Mal, dass man als „Krüppel" andauernd belogen wird, nicht mehr für voll genommen wird. Trotzdem: Er will sich durchbeißen, es allen zeigen, wieder hochkommen. Aber wie? Mit unbändigem Hass, Hass auf alles und jeden? Mit niemanden mehr störender Ironie? Mit gespieltem Zynismus? Jede Unterstützung, um die er heischt, wird ihm verwehrt. Während seiner Krankenhauszeit, die lange, sehr lange dauert, und auch, als er wieder im Alltag steckt. Oder er muss hart ringen um sie. Oder – muss er es doch nicht? Stehen ihm alle Wege offen, er erkennt es nur nicht? Wird er wieder ins Licht treten? Und was wird aus seinem Hass? Wird er ihn überwinden?

FSC
www.fsc.org
MIX
Papier | Fördert
gute Waldnutzung
FSC® C083411

Zeitfracht Medien GmbH
Ferdinand-Jühlke-Straße 7
99095 Erfurt, Deutschland
produktsicherheit@kolibri360.de